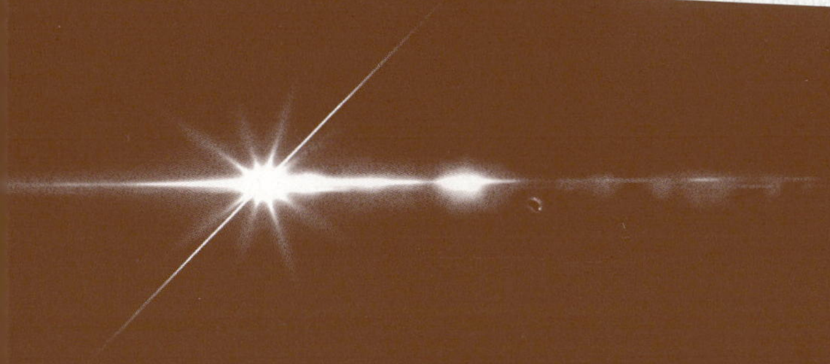

ARTEMİS YAYINLARI, İSTANBUL

ARTEMİS

AB/600
ABG/301
AÇ/920
A/55

ŞİMDİ HAYAL ET
Serdar Özkan
Genel Yayın Yönetmeni: Ilgın Sönmez
Editör: Yeliz Üslü
Yaratıcı Yönetim: photoRepublic
Grafik: Mebruke Bayram

1. Basım: Ocak 2018

ISBN: 978 - 605 - 304 - 321 - 8
Sertifika No: 10905

Şimdi Hayal Et'te kullanılan dil ve imla yazarın tercihleri doğrultusunda düzenlenmiştir.

ARTEMİS YAYINLARI
Ticarethane Sokak No: 53 Cağaloğlu / İstanbul
Tel: (212) 513 34 20-21 Faks: (212) 512 33 76
e-posta: editor@artemisyayinlari.com
www.artemisyayinlari.com

Baskı ve Cilt: Melisa Matbaacılık
Çiftehavuzlar Yolu Acar Sitesi No: 4 Bayrampaşa / İstanbul
Tel: (212) 674 97 23 Faks: (212) 674 97 29 Sertifika No: 12088

Genel Dağıtım: Alfa Basım Yayım Dağıtım Ltd. Şti.
Tel: (212) 511 53 03 Faks: (212) 519 33 00

Artemis Yayınları, Alfa Yayın Grubu'nun tescilli markasıdır.

SERDAR ÖZKAN

ŞİMDİ HAYALET

ARTEMİS YAYINLARI, İSTANBUL

1

Siz bir şeyleri fark etmeden ben söyleyeyim. Şizofreni teşhisiyle bir akıl hastanesinde bulunmaktayım. Yani doktor öyle dedi, şizofrenmişim, halüsinasyon görüyormuşum, delüzyonlarım varmış, bu dünyada değilmişim falan filan. Biri hariç diğer doktorlar da ona katılmışlar, aynı görüşü bildirmişler. Onlara katılmayan tek doktorun adı Timuçin. Doktor Timuçin'den size sonra bahsedeceğim. Biz hastalar onu çok seviyoruz, bizim dilimizden burada en iyi anlayan o.

Diğer doktorlara gelince, onlar beni anlamıyorlar, ben de onları anlamıyorum, bu nedenle onlar hakkında bir şey söyleyemeyeceğim. Eminim ki, ellerinden gelenin en iyisini yapmaya çalışıyorlar, niyetlerinin iyi olduğuna inanıyorum, ama bu bazen yeterli olmuyor. Şizofren olup olmadığıma gelince, inanın bunu ben de bilmiyorum. Kim delidir, kim değildir, onu da bilmiyorum. Ama şu kadarını söyleyebilirim ki, normal biri değilim. Hiç olmadım, olmak da istemedim. İstesem de beceremezdim o ayrı.

Bazen bir şeyler gördüğüm doğru ama bunların halüsinasyon olup olmadığını bilemem. Gördüğüm, o var olmayan insanların dünyasından baktığınızda, insanların çoğunun gerçek dediği bu dünya bir halüsinasyondur belki. Öyleyse, gerçek dünyanın hangisi olduğuna kim karar verecek? Herkesin gördüğü bir dünyayı görmüyorum ya da görmediği bir dünyayı görüyorum diye hemen akıl hastası mı olmam gerekiyor?

Yanlış anlamayın, bana akıl hastası, şizofren, deli denilmesinden gocunmuyorum. Desinler. Hatta bu beni memnun bile ediyor. Çünkü size deli denilmesi sizi tahmin edemeyeceğiniz kadar özgürleştirir. Deli istediğini yapabilir ve yaptığı ne kadar anormal olursa olsun, garipsenmez, delidir o neticede. İşte ben deliliğin bu özgürlüğünü seviyorum. İstediğimi söylüyorum; içimden ne geçiyorsa, pattadanak söyleyiveriyorum. Mesela bir doktora ya da başhekime. Başhekimin hıyar olduğunu düşünüyorsam mesela, ona gidiyorum, "Sen hıyarsın," diyorum. Daha da fazlasını söylüyorum da, konuyu dağıtmayayım şimdi.

İşte başhekime hıyar dediğim ve içimden gelen şeyleri yüzüne bir bir saydığım hâlde, başhekim benim üstüme yürümüyor, beni dava etmiyor ya da bana bağırıp çağırmıyor. Hatta sinirlenmiyor bile. İşte dostlarım, deli olmanın böyle avantajları vardır. Sadece dilinize geleni söyleyebilmek hususunda değil, düşündüklerinizi, yaptıklarınızı hissettiklerinizi özgürleştirir delilik. Ayrıca, insanların size dikkat kesilmelerini sağlar. Bilmedikleri bir dünyada olduğunuz için biraz çekinirler sizden ve nahoş bir duruma sebebiyet vermemek için olanca dikkatleriyle izlerler sizi.

Bir de, Doktor Timuçin gibilerin iyilik duygularının kabarmasına da olanak tanırsınız, size şefkat gösterirler, merhamet ederler. Doktor Timuçin gibileri dedim ama. Susalım diye elektroşok terapisi altında bize canları istediği zaman elektrik veren doktorlar da vardır. Ya da uyuyalım, uyuşalım diye zararlı, bedenlerimizi içten içe kemiren ilaçlarda direten. Olsun, akıl hastası olmanın o kadar dezavantajı olacak artık; bu denli bir özgürlük her bedele değer.

Özgürlük sadece istediğinizi yapabilmekle de sınırlı değildir. Aynı zamanda dünyanız genişler. Halüsinasyonlarla. Bu dünya çok dardır, karakterleri, sınırları bellidir. Ama ya hayaller dünyası? Bu dar dünyadan sonsuzluğa açılan bir kapı gibidir halüsinasyon, dünyanızın hudutları hayal edemediğiniz kadar genişler, özgürleşir.

Şimdi normal insanların görmediği şeyler gördüğüme ve bir akıl hastanesinde bulunduğuma göre, buna ilave olarak, dosyamı inceleyip beni muayene eden beş doktordan dördü şizofren olduğumu düşündüğüne göre, muhtemelen siz de deli olduğumu düşünebilirsiniz. Dediğim gibi, bunda hiçbir sakınca yok. Zaten ben de bu konuda hükmümü vermiş değilim. Hüküm verme peşinde de değilim. Hükümler de bu dünya gibidir, sizi sınırlar.

İsterseniz siz de bir hüküm verebilirsiniz tabii, buna karışamam. Sadece size hikâyemi anlatmak istiyorum. Neden buraya konuldum, kendimi bildim bileli süregelen anormalliğim hangi noktada arttı ki, beni buraya aldılar, bunları anlatmak istiyorum. Ve buradaki yaşantımı ve dostlarımı tabii ki. O hâlde, buyrun efendim, buyrun, nadiren renksiz, çoğu zaman renkli dünyama buyrun.

2

Melekler görüyorum. Sanırım buraya atılmamın ana sebebi buydu. Onlar bana göre melek, doktorlara göre halüsinasyon. Tabii peygamber olmadığıma göre, başkalarını onların melek olduğuna ikna etmem bayağı zor.

Sadece melek de görmüyorum. Geçmişte yaşamış ama şu anda hayatta olmayan insanlar da görüyorum. Hatta bazıları öbür dünyadan haber veriyorlar. Konuşuyoruz, sohbet ediyoruz. Melek olsun, insan olsun, genelde çok keyif alıyorum bu sohbetlerden. Tek sıkıntım onlara çay kahve ikram edememek. Ben içerken, onların bir şey içmemesine pek alışamadım.

Onları bu dünyaya ait bedenlerle görüyorum, normal insan gibiler. Melekler de öyle. Kanatsız, bildiğiniz bütün melek tasvirlerinden farklı. Basbayağı insan gibi hepsi. Onun için niye çay kahve içemiyorlar henüz anlayabilmiş değilim. Ben yine de ikram ediyorum belki bir içen çıkar diye. Ama her seferinde geri çeviriyorlar. Bazen sözle, bazen el işaretiyle, bazen de gülümsemeyle.

Bir şey içip içmemelerinin çok da önemli olmadığını düşünenler olabilir ama benim için önemli. Sohbetin bir parçasıdır çay kahve, muhabbete tat katar, kalpler arasında gidip gelir o tat. Ama elden gelen bir şey yok, her şey kusursuz olamıyor. Yine de böyle varlıkları -ya da halüsinasyonları- gördüğüm için kendimi çok şanslı hissediyorum.

Dediğim gibi, her şeyden önce dünyanız genişliyor. Hayalden de olsa bir çevre ediniyorsunuz. Sizi seven, sizinle ilgilenen, size merhamet gösteren dostlarınız oluyor. Bunun ne kadar önemli olduğu konusunda hemfikirizdir sanırım.

Siz de eski dostlukların yeni dünyada yaşayamadığını fark etmişsinizdir. Dünyayı genişleten, kalplerin birbirine açılması değil midir? Kalpler birbirine açılmıyorsa, büyük evler, küçük gelmez mi? Büyük şehirler, dar gelmez mi? İşte bu yüzden benim dostlarım, hepsi birer hayalden ibaret olsalar bile, dünyamı genişletiyorlar. Bu nedenle, en azından benim için, akıl hastanesi hiç de küçük bir yer değil. Burası küçük bir yer olmadığı için, buraya tıkılı olduğumu sanmıyorum. Belki dışarıdakiler o koca dünyaya tıkılıdır, kim bilir. Eğer bir insanın kalbini genişleten samimi dostları yoksa, bu kaçınılmaz sondur kanaatimce.

Eğer böyle bir durumdaysanız, buraya beklerim efendim, zira burada gördüğünüz ya da kurduğunuz hayaller için suçlanmıyorsunuz. En gaddar doktorlar bile size elektrik ya da ilaç vermekle yetiniyorlar, hiçbiri hayallerinizi yargılamıyor, çalmaya çalışmıyor. Bu da hiç küçümsenecek bir ayrıcalık değildir. Hepinizi buraya bekliyorum efendim, bir günlüğüne de olsa. Eğer gelemeyecek olursanız, bu anlatacaklarımla, deliliğin özgür dünyasını kucaklayıp onu size ben getirmeye çalışacağım.

3

İlk meleğimi gördüğüm günden bahsedeyim size. Sekiz yaşındaydım. Ateşimin 41 dereceye çıktığı, bir türlü düşmediği ve ailemin hastane odasında benim hayatımdan endişe ettiği bir andı. Gözlerim yarı açık, yarı baygın bir şekilde boşluğa doğru bakıyordum. Ama yine de odada olanların farkındaydım. Doktor başımdaydı. Annemse kolonyalı bir bezle ayaklarımı serinletmeye çalışıyordu.

O sırada hastane odasının kapısı açıldı. Doktor ya da annem dönüp bakmadılar. Gelen ne hemşireydi ne de beyaz gömlekli bir doktor. Elli beş altmış yaşlarında bir adamdı. Ama onu tanımıyordum. Bana önce gülümsedi, sonra parmaklarını dudaklarına götürerek bana sus işareti yaptı. Sanki doktorun ve annenin haberi olmasın der gibi. Bir ara doktor arkaya döndü, adamın olduğu tarafa, ama onu fark etmiş gibi görünmüyordu. Annem de adamı fark ettiğine dair hiçbir hareket yapmamıştı. Oysa adam artık onun görüş alanındaydı. Olağan dışı bir olayla karşı karşıya olduğumu anlamıştım. Bu adam kimdi? Ölüm Meleği olabilir miydi?

İki şey yapabilirdim. Gitgide sönüp giden enerjimi son bir çığlık atmaya kullanabilirdim. Ya da olduğum gibi kalıp olan bitenleri izleyebilirdim. Ölümün eşiğindeyseniz ya da en azından kendinizi öyle hissediyorsanız, korkularınız bir şekilde azalıyor. Daha doğrusu korkmaya gücünüz olmuyor. Ya da pes etmiş oluyorsunuz, bilemiyorum. Ama kendinizi bırakmışsanız, merak korkudan daha ağır basıyor. Benim için de o an durum öyleydi. Ses çıkarmadan olacakları izlemeye başladım. Hatta olağan dışı bir durum olduğunu anneme ve doktora belli edecek bir hareket yapmamaya çalıştım.

Muzipçe gülümsemeye devam eden bu adam, gözlerini bana dikip sordu:

"Ne istiyorsun?"

Tahmin ettiğim gibi, ben onu çok net duyduğum hâlde, ne annem ne de doktor onu duymuştu.

Ona cevap verdiğimde, annem de doktor da beni duyacaklardı kuşkusuz. Ama ona yarı baygın bir şekilde "Siz kimsiniz?" diye soracağım için bu fazla sorun teşkil etmeyecekti. Doktor bu soruyu kendi üstüne alınacaktı büyük olasılıkla.

"Siz kimsiniz?" diye mırıldandım doktorun arkasında duran adama bakarak.

"Merak etme, Hakancım," dedi doktor. "Ben doktor amcan."

Arkadaki adam güldü. "Bazı doktorlar kendilerini dünyanın merkezi zanneder, Hakancım, sen ona bakma."

"Siz kimsiniz ama?" diye tekrarladım.

"Doktorunum dedim ya evladım," dedi doktor.

"Benim kim olduğum karışık bir mesele," dedi adam. "Ama beni dostun olarak kabul edebilirsin. Buraya bunun için geldim. Seninle dost olmak için. Belki öleceksin birkaç gün içinde, belki de yaşayacaksın. Bunu bilemeyiz. İstediğin bir şey var mı, sana onu sormaya geldim."

"İyi olmak istiyorum," dedim. "Denize girmek istiyorum. Yüzmek istiyorum."

Annem o anda hıçkırıklara boğuldu. Doktor ise, "Merak etme, Hakancım," dedi, "iyileştireceğim seni."

"Umarım yakında yine yüzersin," dedi adam. Doktor iyileşeceğime dair sözler söylemeye devam ediyordu ama adam onu duymazlıktan gelircesine, "Şimdi hayal et," dedi. "Denizi hayal et. Kumsalı hayal et. Masmavi sularda yüzdüğünü hayal et. Senden bunu istiyorum. Hayal edersen, iyileşirsin. Hayal edeceğine dair söz ver bana şimdi. Sonra gitmem gerekiyor."

Ne diyeceğimi bilemedim ama ağzımdan, "Söz," diye çıktı.

Adam gülümsedi ve "Sözünü tut. Sonra bir gün tekrar görüşeceğiz," dedi. Ardından parmaklarını dudaklarına götürdü ve bana bir öpücük yolladı. Ona, "Ama siz kimsiniz?!" diye sormaya fırsat bulmadan gözlerimin önünde kaybolup gitti. Bu sefer kapıyı kullanmaya bile gerek görmemişti.

O gün, o anda, bu olayı yaşadıktan sonra, ne ben eski Hakan olacaktım ne de dünya, eski dünya olacaktı.

4

O günden sonraki dokuz sene boyunca olağan dışı bir şey görmedim. Ama sanırım o günden sonraki hayatımı esrarengiz dostumun söylediği o üç kelimeye borçluyum:

Şimdi hayal et...

Ona verdiğim sözü tutmuştum. Hayal etmiştim. Denizi, kumsalı, masmavi sularda yüzdüğümü...

Ateş içinde yanıyordum, gözlerimin kapanmasını, derin bir uykuya dalmayı istiyordum ama yapmadım. Uyumamak için savaştım. Uyusam belki bir daha hiç uyanamayacaktım ama savaşmamın sebebi bu değildi. Oydu. Ona verdiğim sözdü.

Bir hayaldi o, gerçek değildi belki ama sanki gerçekten daha gerçekti. Yanı başımda duran, bana dokunan doktordan daha gerçekti. Hayal et demişti bana ve onu dinleyecektim. Bastıran uykuya direnmem lazımdı çünkü uyursanız hayal edemezsiniz. Rüya görürsünüz belki ama rüyalar size ait değildir. Güzel bir rüya da görebilirsiniz, kâbus da. Siz rüyaları kontrol edemezsiniz. Ama hayaller öyle değil. Kimse size istemediğiniz bir hayali kurduramaz. Kim ne derse desin, kim ne yaparsa yapsın, hayal gücünüz size aittir ve kimse onu sizden alamaz.

Rüyalara teslim olmamak için zorladım kendimi; hayal ettim. Evimizin yakınındaki kumsaldaydım. Kimse yoktu etrafta. Sadece küçük bir köpek. Vücudu altın rengindeydi, kulakları pespembeydi, gözleriyse masmavi. Sanırım bir av köpeği yavrusuydu. Koşarak yanıma geldi ve karşıdaki adalara bakarak üç kere havladı. Ben onun başını okşayıp "Ne o, adalara mı yüzmek istiyorsun?" diye sorduğumda. "Evet, seninle birlikte," dedi. Ağzım açık kalmıştı. "Ama sen konuşuyorsun?!" dedim. "Evet, tabii," dedi. "Çünkü sen beni böyle hayal ettin." Bunun üzerine sevinçten yerimde birkaç kez zıpladım. Sonra ellerimi toprağa üç kere vurup havaya kaldırdım, "Oley, oley, oley!" diye bağırdım. Sonra olduğum yerde dönmeye başladım, ta ki başım dönüp pembe kulaklı köpeğimin yanına düşüne dek. O da ben de kıkırdamaya başladık. Dışarıdan bakıldığında aptal gibi görünüyor olmalıydım. Ama dert etmiyordum bunu. Kumsala tepeden bakan evlerden beni gören biri olsa bile, umurumda değildi. Pembe kulaklı, mavi gözlü, benimle konuşan bir köpeğim vardı ve o benimle adalara yüzmek istiyordu ya, gerisi önemli değildi.

Ateş içindeydim, cayır cayır yanıyordum ve vücudumun gitgide artan güçsüzlüğü beni uykunun ölümcül dünyasına çekmeye çalışıyordu. Ama hayır! Uykuya nasıl teslim olabilirdim ki? Köpeğimle adaya yüzmem gerekiyordu! Yerimde zıplayabiliyor, fırıl fırıl olduğum yerde dönebiliyorsam, gücüm yerinde olmalıydı. O hâlde vücudum bana yalan söylüyordu.

Güçlüydüm ben, hem de hiç olmadığım kadar. Hatta adalara yüzecek kadar gücüm vardı. Ateşime, cayır cayır yanmama gelince, bunun sebebi tepemdeki kızgın güneşten başka bir şey olamazdı. Evet evet, bunun sebebi ağustos güneşi olmalıydı. Üstelik saat tam on ikiydi, güneşin en tepede olduğu zaman. Hemen suya atlamalıydım. Ben de öyle yaptım. "Haydi mavi gözlüm!" diye bağırdım. "Haydi adalara!"

Köpeğim bir an tereddüt etmemişti ve birlikte serin sulara atlamıştık. Yüzdükçe daha da serinliyordum. Öyle heyecanlıydım ki, kulaçlarım hiç atmadığım kadar büyük ve hızlıydı. Ve atılan her kulaçta daha da güçlendiğimi hissediyordum çünkü hedefimizdeki ada bir kulaç daha yakınımızda olmuş oluyordu. Köpeğimin küçük altın bedenini yanı başımda, en az benim kadar hızlı bir şekilde suda yol aldığını görmek gücüme güç katıyordu.

Adaya vardığımızda, hemen kumsala çıktık ve birbirimize sarıldık. Sarmaş dolaştık, sanki dans ediyorduk. O kadar yolu yüzmek bizi yormamış, tam aksine, dinlendirmişti. Daha güçlü hissediyorduk kendimizi. Sevdiğimiz bir yere, bir sevdiğimizle yolculuk etmiştik. Kendimizi dinlenmiş ve güçlenmiş hissetmemizin sebebi bu olmalıydı.

O sırada birinin konuştuğunu duydum. Ama ses çok zayıf geliyordu, ne söylendiğini duyamamıştım. Gözlerim kumsalı süzdü boydan boya, adada bizden başka biri mi vardı yoksa? Ama kimseyi göremedim. Bir kez daha duydum aynı sesi, şöyle diyordu:

"İlaç işe yaramış, ateşi 38'e düşmüş! Seni iyileştireceğimi söylemiştim Hakancığım."

5

Çocukluğum genelde güzel geçmişti, ancak ergenlik sonrasındaki yıllar biraz karanlıktı. Hayır, kötü olaylar olmamıştı. Ancak içinden bir türlü çıkamadığım bir darlık hâkimdi içime. Bu darlık çok nadiren genişliyor, sonra çabucak eski hâline dönüyordu. Ve sanırım her dönüşünde biraz daha daralıyordu.

Ortada böyle olması için görünür bir sebep yoktu. Hayat bana kötü davranmamıştı. Başıma birçok insanın başına gelen felaketlerin hiçbiri isabet etmemişti. Fakirlik çekmemiş, ciddi hastalıklara maruz kalmamış, gençlik yıllarıma kadar ailemden kimseyi kaybetmemiştim. Ama hayatın bana karşı takındığı bu yumuşak tutuma rağmen, içimdeki o darlık hep benimleydi.

Sanırım tatminsizdim. Ne küçük şeyler ne de büyük şeyler beni tatmin edebiliyordu. Çok istediğim şeyler gerçekleştiğinde bile, bununla gelen mutluluk, neşe hemen sönüyordu. Ve sonra başka bir isteğimi kovalıyordum. Başka bir şeyi kendime hedef koyuyordum, ona erişince içimin huzura ermeyeceğini bile bile. Ama elimden gelen bir şey yoktu. Gencecik yaşta dünyayı karanlık olarak görüyordum. Güzel, güneşli bir gün içime mutluluk serpmeye yetmiyordu.

Birkaç yıl önce gördüğüm o esrarengiz hayal ya da melek ya da her neyse, aklımdan ve gündemimden tamamen çıkmıştı. Hayatımı ona borçluydum belki de. Tam zamanında yetişmiş, beni kendi hayallerimle canlandırmıştı.

Ertesi gün hastaneden ayrılmıştık, iyiydim, hem de hiç olmadığım kadar iyi. Gördüğüm adam sürekli aklımda olmasına rağmen, bu esrarengiz olaydan kimseye bahsetmedim; ne anne-babama ne de arkadaşlarıma. Onu tekrar görmeyi ümit ediyordum. Ne olduğunu ya da ne olmadığını ancak o söyleyebilirdi bana. Belki yüksek ateş sebebiyle gördüğüm bir hayaldi o da, ama ben yine de gerçek olduğuna inanıyordum. Çünkü onunla hayata dönmüştüm. Bir de, hayal ya da gerçek, bana, "Bir gün tekrar görüşeceğiz," demişti.

Ama geçen yıllar, onu tüm arzuma rağmen tekrar görememiş olmak, onu bana yavaş yavaş unutturdu. Sonunda, onun hastalığım sebebiyle gördüğüm bir hayalden başka bir şey olmadığına kendimi inandırdım. Ve böylece, aklımdan, düşüncelerimden tamamen çıkmış oldu. Ta ki, on yedi yaşında yaşadığım bir olay bana onu tekrar hatırlatana dek.

Yine dünyayı karanlık gördüğüm bir gündü. Hatta o gün başıma üst üste gelen birkaç olaydan dolayı içim iyice kararmıştı. Akşamüstüne doğru markete gitmem gerekmişti. Bir şey alıp hemen çıkacaktım. Meyvelerin bulunduğu reyonun yanından geçerken bir adam hafifçe kolumdan tuttu ve kırmızı elmaları göstererek, "Bunlar elma değil, sanki mücevher, bak nasıl da parlıyorlar," dedi. "Evet," dedim zoraki bir gülümsemeyle ve oradan uzaklaştım.

Adam bir market çalışanı değildi, benim gibi o da alışveriş yapıyordu. Kolumdan tutup böyle bir şey söylemesi garibime gitmişti ama üstünde durmadım. Kasaya geldiğimde o da ilerideki kasada ödeme yapıyordu. Bir taraftan da, kasiyere aldığı lahanayı gösteriyor, şöyle diyordu: "Ne kadar güzel değil mi, nadide bir çiçek gibi!"

İster istemez gözlerim onu takip etti. Birkaç metre önümdeydi ve çıkışa doğru yürüyordu. O sırada bir mangal üstünde promosyon amaçlı sosis pişiren kızların önünde durdu ve "Ne kadar da güzel kokuyorlar ah, canım çekti!" dedi gülümseyerek. Ama sosislerden tatmadı. Yoluna devam edip marketten çıktı. Onun birkaç metre ardından ben de marketten çıktım ama onu göremedim. Marketin hemen önü açık alandı ve etrafta girebileceği bir sokak, ev ya da araba yoktu. Sanki yer yarılıp içine girmişti. Tıpkı hastane odasında bir anda yok olan dostum gibi.

Yine hayal mi görmeye başlamıştım? Kimdi bu adam? Niye kolumdan tutmuştu? Neden her gördüğü şeye, elmaya, lahanaya, sosise böylesine heyecan dolu yaklaşmıştı? Ben her şeye donuk, ölü gözlerle bakarken, marketin içindeki ya da dışındaki hiçbir şeyin umurumda olmadığı, hiçbir şeyi güzel görmediğim bir günde, neden gördüğü her şeyi böylesine güzel gören biriyle karşılaşmıştım? Nasıl ve neden bir anda ortadan kaybolmuştu?

Ben eve yürüyene kadar bunları düşünürken, bir anda karşıma çıkıverdi. Bana göz kırptı ve "Hayat ne güzel, değil mi?" dedi. Elinde marketten birlikte çıktığı torba yoktu.

Ona o anda sorulacak o kadar soru varken, anlamsız bir soru çıktı ağzımdan:

"Torbanız nerede?"

Gülümsedi. Tam cevap verecekti ki, ona doğru gelen bisikletli çocuk sanki onu görmüyormuş gibi ona çarptı. Daha doğrusu çarpmadı, içinden geçmişti ve geçer geçmez adam da ortadan kaybolmuştu.

Şüphem kalmamıştı artık. Ben başkalarının görmediği şeyleri görüyordum. Ama bu ne anlama geliyordu, hayatımı ne kadar değiştirecekti, işte onun hakkında hiçbir fikrim yoktu.

6

Markette gördüğüm o adam hastanede gördüğüm adamın benzeri bir etki yapmıştı üzerimde. Hayata dönmüştüm. İlkinde bedenim ölmek üzereydi, ikincisinde ise ruhum. Beni hayatı ölü gibi yaşamaktan kurtarmıştı. Hayatın güzelliklerini göremeyecek duruma gelmişseniz bir ölüden farkınız yoktur çünkü ölüler de bu dünyanın güzelliklerini göremezler.

Her gün karşılaştığımız bir ağaç, her sabah doğan güneş, bir çiçek ya da yüzünüze vuran tatlı bir rüzgâr... Her birinde bir güzellik saklı değil mi? İşte ben bu güzelliklere kör olmuştum henüz genç yaşta. Ama henüz kör olmadığım bir güzellik vardı. Markette gördüğüm o adamın hayata bakışı.

Markette onu sade bir insan olarak izlemiştim, sonradan olacaklardan habersizdim. Ve onun sıradan gördüğümüz her şeyde güzellik görmesi ve bunu bilinçli yaptığını hissetmem beni şöyle bir sarsmıştı. Marketteki tozlu raflara bakabilirdi ya da bir sürü kasa olduğu hâlde, sadece iki kasanın işlediğine ve bu yüzden kuyrukta beklemek zorunda olduğumuza odaklanabilirdi. Ya da benim gibi alacağı şeyi alıp bir an önce oradan ayrılmayı aklına koymuş olabilirdi. Bir ayna olmuştu bana o birkaç dakika içinde. Heyecansızlığımı, neşesizliğimi, körlüğümü bana göstermişti. Bu beni adamakıllı sarsmış, kendime getirmişti. Hayatta güzel olan ve güzel olmayan, heyecan veren ve vermeyen şeyler olduğunu, mutlu olmak için güzel olanlara odaklanmam gerektiğini hatırlatmıştı. Daha da ötesi, her şeyden heyecan duymaya çalışmayı. Bir elmadan, lahanadan, yemediğim bir sosisin kokusundan bile.

Sonraki günlerde bu konuda ne kadar başarılı oldum bilemiyorum. Ama gayret ettim. O adamı ve bana hatırlatmak istediği şeyi hiç unutmadım ve her gün hayata o gözle bakmaya çalıştım. Bunu her zaman başaramasam da, bir şeyler değişmişti. Daralan içim genişlemiş, çocukluğumdaki mutluluğu, heyecanı hissetmeye başlamıştım. En azından bir ölü gibi yaşamaktan kurtulmuştum. Sadece bu bile bütün hayata bedel değil mi?

Tabii bendeki bu değişimin belki de en önemli sebebi, alınan dersten çok, dersi kimden aldığımdı. O adamın bir insan olmadığını fark etmem bende birçok duygu uyandırmıştı. Bu duyguların içinde korku yoktu. Endişe yoktu. Garip olan da buydu. Hiç kimsenin görmediği adamlar görüyordum. Önümde koca bir belirsizlik vardı. Ne bana neler olduğunu biliyordum ne de beni bundan sonra nelerin beklediğini. İnsan tabiatı gereği belirsizlikten rahatsız olur, korkar, hayatını kontrol etmek ister, değil mi? Hele hele olmayan varlıklar görmeye başlamışsa, bundan endişe duyar değil mi? Normalde böyle olması gerekirdi ama bende böyle olmamıştı.

Kendimi anormal olarak görmemin sebeplerinden biri de bu sanırım. Korku ve endişe bir yana, hayatıma güven gelmişti, heyecan ve neşe gelmişti. Güven gelmişti çünkü Tanrı'nın benimle ilgilendiğini hissetmiştim. İster birer hayal ürünü -halüsinasyon- olsunlar isterse de melek ya da başka bir varlık, bu iki adam tam zamanında yetişmiş ve bana bir şekilde hayat katmışlardı. İşte bu durum bana bir anne şefkatinin verdiği güveni ve huzuru vermişti.

Bunun yanında, hayata tekrar hayret ve hayranlıkla bakmaya başlamıştım. Hayat görünenden ibaret değildi. Bu gerçeği hiç anlamadığım kadar iyi anlamamı sağlamıştı bu iki olay. Üstelik dokuz senedir yinelemeyen bir olay tekrar gerçekleşmişti. Demek ki hastanede gördüğüm o adama yüksek ateş sebep olmamıştı. Ve böyle bir olay ikinci kez olduğuna göre, üçüncü kez, dördüncü kez, beşince kez, sayısız kez olabilirdi. İşte bu beni heyecanlandırıyordu. Ne zaman, nerede, kimle karşılaşacaktım? Karşılaştığım kişi -ya da kişiler- bana ne söyleyecekti, bana nasıl hayat katacaktı?

Karşıma istemediğim adamlar ya da varlıklar çıkma olasılığını göz ardı etmiyordum. Ama bu sadece aklımın köşesinde olan bir düşünceydi ve heyecanımı zerre kadar gölgelemiyordu.

Bu son olayı ailemle ya da arkadaşlarımla, tıpkı ilk olay sonrasında olduğu gibi paylaşmamıştım. Bir gün psikiyatriste ya da akıl hastanesine yollanmam gerekecekse, bu gerçekleşene kadar içine yeni adım attığım bu gizemli dünyanın keyfini çıkarmalıydım.

7

Size hayat hikâyemi, sonraki yıllarda yaşananları anlatmaya devam edeceğim. Ama ara sıra da günümüze, dört yıldır evim olan bu akıl hastanesinde yaşananlara dönmek istiyorum. Çünkü burası her gün ayrı bir macera. Her gün yüzünüzü güldüren bir şeyler çıkıyor karşınıza. Asabınızı bozan olaylar da oluyor, olmuyor değil, ama çoğumuz onlardan da gülecek bir şeyler çıkarmaya çalışıyoruz. Bu konuda elebaşı olduğumu söyleyebilirim.

Yaklaşık iki sene önceydi. Birkaç arkadaşımızın elektroşoka maruz kaldığı, doktorlarla bağıra çağıra kavga ettiğimiz, birkaçımıza zorla yatıştırıcı iğne vurulduğu ve dolayısıyla hepimizin moralinin sıfır olduğu bir gün, bütün arkadaşları oturma odasına toplayıp "Deliye her gün bayram derler, unuttunuz mu bu sözü arkadaşlar?" diye sordum. Herkes bir an birbirine baktıktan sonra, kendilerini sözle ifade etmeyi sevenler hep bir ağızdan, "Aynen!" diye bağırdılar. Diğerleri ise farklı şekillerde cevap verdiler. Kimisi başını salladı, kimisi ellerini çırptı, kimisi zıpladı, ama hemen herkes bu sözü biliyordu.

"Madem deliye her gün bayram, o zaman hakkını verelim arkadaşlar!" diye bağırdım genç bir devrimci edasıyla. Diğer devrimcilere baktığımda -ki her birimiz bir devrimciydik sonuçta, normal dünyaya başkaldırmıştık- onların heyecan dolu seslerinden bu felsefenin kabul gördüğünü anladım. Hatta bazılarımız öyle heyecana gelmişti ki, oturma odasına birkaç hemşire ve bir doktorun gelmesi fazla uzun sürmedi.

Neyse ki gelen Doktor Timuçin'di. Hemşireler bir taraftan ne oluyor diye soruyor bir taraftan hoplayıp zıplayanlarımızı yatıştırmaya çalışıyordu. Doktor Timuçin, hemşireleri engelledi ve zıplayanlara müsaade etti. Ve sonra duvara yaslanıp bizi izlemeye koyuldu. Sormuyordu neler olup bittiğini, bizi kontrol etmeye, susturmaya çalışmıyordu, sadece izliyordu.

Bundan cesaret alan bir arkadaş, "Madem bugün bayram, haydi oynayalım beyler bayanlar!" diye bağırdı. Sanırım laf ağzından çıkar çıkmaz ben dâhil hepimiz oynamaya başlamıştık. Bazılarımız da şarkılar söylemeye başlamıştı, ama her biri başka bir şarkı söylüyordu. Her birimizin oynaması da farklıydı, herkes kendi yöresine göre oynuyordu. Rum olan ve bir önceki hayatında kendisinin Onassis olduğuna inanan arkadaşımız Dimitri de sirtaki yapıyordu.

İtiraf etmeliyim epey gürültü yapıyorduk ve gürültümüz hastanenin bütün katlarından duyuluyor olmalıydı. Allah'tan akşam üstüydü ve nöbetçi Doktor Timuçin dışındaki doktorlar hastaneden ayrılmıştı. Yoksa canımıza okurlardı. Gündüz okudukları yetmiyormuş gibi.

Hemşirelerden biri, Doktor Timuçin'e döndü, "Doktor Bey bir şey yapmayacak mısınız?"

"Yapacağım elbette," dedi Doktor Timuçin. "Geç bile kaldım. Haydi eller havaya!"

Ve sonra, hemşirelerinki bir yana, bizim bile hayret dolu bakışlarımız arasında ellerini havaya kaldırıp oynaya oynaya aramıza girdi ve o da bayramı kutlamaya başladı. Bizim küçük bayramımız, Doktor Timuçin'in katılımıyla, daha büyük bir bayrama dönüşmüştü.

Onu birkaç kez havaya atıp tutarak kutladık bunu. Ona minnettarlığımızın bir ifadesiydi bu. Başını sağa sola sallayan başhemşire dışında, oradaki herkes mutluydu; belki de çoğumuz hayatımızda hiç olmadığımız kadar. En tatsız günümüz, en mutlu günümüze dönüvermişti.

8

Her gün dans edip oynamıyoruz tabii. Ama o gün bir milat oldu hepimize. Her günü bayram olarak kutluyoruz. Bunun için bir orkestra, bir de tiyatro kurduk. Aramızda saz çalmayı bilen bir arkadaş var. Biri de flüt çalmayı biliyor. Onun dışında tahmin edersiniz ki, hepimiz davul çalabiliyor, şarkı söyleyebiliyoruz. Ama davulumuza orkestrayı kurduktan iki gün sonra el konuldu. Doktor Timuçin uzun uğraşlar sonucunda flüt ve saz için izin koparabildi bize. Sazın üç teli var zaten, fazla sesi çıkmıyor. Ama bu durum bizim şarkılarımızı ve dansımızı etkilemiyor. Bayramımızı her gün tam teşekküllü orkestramız varmış gibi kutlayabiliyoruz. Eğer sazımızdan birkaç tel eksik oldu diye ya da kemanımız, saksafonumuz yok diye konserimiz, dolayısıyla bayramımız-etkilenirse, o zaman normal insanlardan ne farkımız olur? Biz deliler hayatımızdaki eksikliklerin moralimizi, ruh hâlimizi etkilemesine izin veremeyiz. Bunu normal insanlar yapıyor, biz anormalsek, bir farkımız olmalı, öyle değil mi?

Tiyatromuzun da işlevini yerine getirdiğini söyleyebilirim. Hepimiz aktör ve aktristiz. Yazdığımız birkaç dakikalık saçma sapan oyunları sahneye koyuyoruz, orkestramızı dinlendirdiğimiz günlerde. Genelde bu, daha tahammülsüz doktorların nöbetçi olduğu günlere denk geliyor; tiyatro daha sessiz çünkü.

Dediğim gibi, oyunlarımız saçma sapan. Bugüne kadar bir tane elle tutulur bir oyun yazıp sergileyemediğimizi söyleyebilirim. Her biri bizim standartlarımızda bile son derece başarısız. Ama işlevini yerine getiriyorlar. Gülüyoruz, mutlu oluyoruz. Daha başarılı bir oyun sergilemek bizi daha mutlu insanlar yapmıyor. Sanırım normal insanlardan bir farkımız da bu. Ve bu farktan hiç de şikâyetçi değiliz.

Başarının insana daha fazla mutluluk getirmediği burada bildiğimiz sırlardan biri. Hatta başarı -ve daha fazla başarı-arzusunun insanı mutsuz birine dönüştürdüğü de başka bir sırrımız. Daha böyle bir sürü sırrımız var. Ama biz sırlarımızı gizlemiyoruz, onları bilmek isteyenler varsa, boynumuz kıldan ince, paylaşıyoruz. Mutluluk sadece bizim değil, herkesin hakkı çünkü.

9

Hepimiz kendi tiyatromuzun aktörleri, aktristleriyiz demiştim. Bu doğru. Ama bir de aramızda gerçek bir aktör var. Yıllarca profesyonel tiyatroda oynamış ve bunun dışında iki üç filmde rol almış biri. Kamil Pınar. Lakabı Artist Kamil. Bugün size ondan bahsetmek istiyorum biraz. Çünkü az önce onunla uzun bir sohbet gerçekleştirdim ve hayata dair önemli bir gerçeği bir kez daha hatırlamama vesile oldu. Ondan kısaca bahsettikten sonra sohbetimizi paylaşacağım sizinle.

Artist Kamil yetmiş üç yaşında. Eşini ve biri bebek iki çocuğunu seneler önce trafik kazasında kaybetmiş. Ve o gün bugündür, ne kadar uğraşırsa uğraşsın bir türlü hayata tutunamamış. Tiyatrodan zaten geçimini zor sağlıyormuş, bir de artık oyun oyanayamaz hâle gelince, beş parasız bir vaziyette ortada kalmış. Karnını doyurmak için birçok şey yapmış; simit satmış, bahçelerde çalışmış, boyacılık yapmış.

Zaman, ailesini kaybetmenin acısını dindirmek yerine daha da alevlendirmiş. Sokakta gördüğü her çocuk ona kendi çocuklarını, el ele gördüğü her çift eşini hatırlatıyormuş. Aklını yitirmek üzere olduğunu anlayabiliyormuş. Ya akıl hastanesine yatıracaklar beni ya da tiyatroya döneceğim, demiş kendi kendine. Çünkü ailesi dışında hayatta sevdiği tek şey oyunculukmuş. Oyunculuk yapamayacak hâlde olduğunu bilse de, hayatının geri kalanını en azından tiyatronun çatısı altında geçirmeye karar vermiş böylece. Belki bir temizlik işçisi olarak ya da getir götür işlerine koşturan bir görevli. Onu bir tek bunun hayatta tutabileceğini ve aklını kaybetmemeyi bir tek bu şekilde başarabileceğini düşünüyormuş.

Onu içten içe kemiren, hiçbir zaman dinmeyen acısının üstünü bu yolla örtebilmek için şehrin tiyatrolarını teker teker dolaşmış. Yaşadığı psikolojik sorunlar her hâlinden belli olduğu için önce onu kimse işe almak istememiş. Ama sonunda ona acıyan bir yönetmen çaycı olarak işe alınmasını sağlamış. Ve o tiyatroda uzun seneler çaycı olarak çalışmış. Ama geçmişi, acısı, her an kaybolmaya meyilli aklı onun peşini bırakmamış ve sonunda, on üç sene önce bir akıl hastanesine gönderilmiş. Orada iki sene kaldıktan sonra buraya nakledilmiş.

Artist Kamil'in buradaki durumu fena değil. Ailesini kaybettikten sonraki dönemdeki en güzel günlerini burada geçirdiğine inanıyorum. Tek sıkıntısı var, üç Oscar aldığı hâlde Hollywood'un onu unutmuş olması. Akademinin, insanların, senelerce birlikte en yüksek gişeli filmlere imza attığı oyuncuların vefasızlığı.

İşte bugün yine bu konuyu gündeme getirdi ve anlattıkça anlattı. "Medyanın vefasızlığı umurumda değil," diyerek söze başladı. "Beni üzen, Marlon Brando, Elizabeth Taylor ve Al Pacino'nun vefasızlığı."

10

"Bütün hayatımı tiyatro ve sinemaya verdim Hakan. Broadway'de başladım, sonra tiyatrodaki performansım Hollywood yönetmenlerinin dikkatini çekti ve beni transfer ettiler. Ve sinema aşkım oldu benim o gün bugündür. Akademi de karşılığını verdi bana. Üç Oscar ile. Ama ben o Oscar'ları oyunculuğuma verdiklerini sanmıştım."

Bir iç çekti. Boşluğa daldı gitti. Onu daldığı yerden çekip çıkarmak istercesine, "Tabii ki oyunculuğuna vermişlerdir, Kamil abi," dedim. "Başka ne için versinler ki?"

"Hayır," dedi bir anda fal taşı gibi açılan gözlerle. "Hayır, oyunculuğuma vermediler, beni kullandılar. Kendi filmlerine ilgi olsun, kendi şirketleri kazansın diye verdiler. Ben sadece göz önünde bir kuklaydım. Önce star yapıp sonra sağdıkları bir kukla. Sadece benim için değil. Diğer yıldızlar için de geçerli bu. Oscar ödülleri niçin icat edilmiş biliyor musun? İşte bu sebeple. Birileri öne çıkabilsin, filmlere ilgi olsun, yapımcı şirketler daha çok para kazansınlar diye.

"Oysa ben bu mesleğin bir sanat olduğunu sanmıştım, bunun için aktör olmuştum. Bir sanat icra etmek için. İlk Oscar'ı aldığımda da sevinmiştim saf saf, sanatımı iyi icra edebilmişim diye mutlu olmuştum. Bu öyle olmuş olsa, yaşım ilerleyince, film yapmayı bırakınca unutulmazdım."

"Ben unutulduğunu düşünmüyorum," dedim.

"Hayır, bal gibi de unutuldum. Ne akademinin ne de yıllardır beraber çalıştığım oyun arkadaşlarımın umurundayım. Ama seneye 'Yaşam Boyu Başarı' Oscarı verirler o ayrı. Sinema hayatımı kutlamak, onore etmek için değil. Vefalı görünmek için, eski filmlerimle, yapımcı şirketlerimi gündeme getirmek için, şunun için, bunun için. Ama beni ya da sanatımı düşündükleri için değil kesinlikle."

"Bence kendine haksızlık ediyorsun, Kamil abi."

"Sadece ben değilim ki evladım. Diğer dünyaca ünlü aktörlere bak. Yüz milyonlarca dolar gişe yapan filmlerde oynuyoruz, bir filmden milyonlarca dolar alıyoruz, Malibu'da malikânelerde yaşıyoruz. Dünyanın dört bir yanında herkes bizden bahsediyor. Görkemli cenazelerimiz oluyor. Sonra ne oluyor biliyor musun? Birkaç gün sonra unutuluyor, hiç kimsenin umurunda olmuyoruz artık."

"Yapma Kamil abi," dedim. "Herkes ölünce unutuluyor, bu Hollywood yıldızlarına özgü bir şey değil."

"Ama bizim bir farkımız var," dedi. "Bize aksini inandırıyorlar. Bizi birer Tanrıymış gibi öne sürüyorlar. Bütün ilgiyi bizim üstümüze çekiyorlar. Hayran kitlesi yaratıyor, bizi ulaşılmaz, sonsuz, gizemli, dokunulmaz yapıyorlar. Yıldızız işte! Yıldız demişler bize, yüksekte, ulaşılmaz, büyük ve sürekli parıldayan. Oysa durum öyle değil, Hakan. Biz basit insanlarız.

Mimiklerimizi daha iyi kontrol eden normal insanlar. Sonra mücadele ediyoruz. Yılmıyoruz, çalışıyoruz ve vazgeçmeyen her insana olduğu gibi, şans bir gün kapımızı çalıyor. Ve bir yapımcı, yapımcıların ayarladığı gazeteciler, birkaç filmle bizi yıldız yapıyorlar. Ama biz aynı insanız. Kendimizi farklı hissetmiyoruz. Sadece birkaç insan gelip fotoğraf makinesiyle resmimizi çekti ve onu gazetesinde bastırdı diye farklı kişiler olmuyoruz.

"Sonra ajansımız, yapımcımız, film şirketimiz işine geldikleri için bizim ismimizi büyütüyorlar. Gazeteler, haber olabilelim ve daha çok gazete satabilsinler, televizyonlar da katıldığımız programlar daha çok izlensin diye ismimizi daha da büyütüyorlar. Herkesin işine geldiği için yıldız oluyoruz böylece, ama biz yine aynı insanız. Zihinsel, psikolojik ve duygusal olarak. İsmimiz büyük harflerle yazılmadan önce ne isek yine aynı kişiyiz. Birkaç sene önce bir tiyatronun kapısında denenmek için bekleyen ya da bir yönetmene ulaşmaya çalışan o çaresiz genciz hâlâ. Yeteneğimiz, kişiliğimiz aynı, değişen bir şey yok. Sadece birileri para kazansın diye büyüteç altına konuluyoruz ne olduğunu anlamadan.

"Sonra ne mi oluyor? Yavaş yavaş biz de adapte olmak zorunda hissediyoruz kendimizi. Kendimiz olarak kalırsak, bu oyunun içinde yer alamayacağız çünkü; acı çekeceğiz. Biz de oyunun oyuncusu olmaya başlıyoruz böylece. Kendimizi beğenmiş görünüyoruz, talepkâr oluyoruz, yeri geldiğinde kapris yapıyoruz. Yolumuzu açanlara sürekli ödünler veriyoruz, minnet borcumuz ya da ihtiyacımız olan kimselere güler yüzlü, ihtiyacımız olmayanlara soğuk oluyoruz. Sonra para kazanmak isteyen bu güçler -gazeteler, televizyonlar, yapımcılar, film şirketleri- bizleri ortaya atmak için her şeyi yapıyorlar, polemik çıkarıyorlar, evlendiriyorlar, boşandırıyorlar, söylediğimiz ya da söylemediğimiz sözleri olaya dönüştürüp gündem yapıyorlar. Bazen ödül veriyorlar, bazen vermiyorlar, ama hem ödül verdiklerinde hem vermediklerinde bizim konuşulmamızı sağlıyorlar.

"Paparaziler saldırıyor, evimize giremiyoruz. Aktrisler makyajsız sokağa çıkamıyorlar, yeni doğan bebeğimizin fotoğrafı için kavgalar çıkıyor, sadece bizim değil çocuklarımızın boy boy fotoğraflarını bütün dünyaya gösteriyorlar. Ne markete gidebiliyoruz ne bir arkadaşımızla bir kafede rahat kahve içebiliyoruz ne de fark edilmeden özgürce sokakta yürüyebiliyoruz. Böylece hayatı bizim için cehenneme çeviriyorlar. Ve bütün bu oyunun ortasında, aslında herkes gibi normal birer insan olduğumuzu kimse bilmiyor."

Derin bir iç çekti. Çayından bir yudum aldıktan sonra, şöyle dedi:

"İşte burayı bunun için bu kadar seviyorum Hakancım. Burada, sizin aranızda, özgürüm."

11

Artist Kamil bunları anlattıktan sonra yerinden kalktı ve bir şey söylemeden yatak odalarımızın olduğu yöne doğru yürümeye başladı. Birkaç dakika sonra elinde bir kâğıtla geri geldi.

"Hakancım," dedi. "Kimseye söylemeyeceğine söz verirsen, sana bir şey göstermek istiyorum."

"Söz Kamil abi," dedim. "Nedir?"

"Otobiyografimi yazmaya başladım. İşte sana az önce anlattığım her şeyi ve daha fazlasını açıklayacağım. Hollywood'un ve şöhretin sırlarını bir bir ortaya dökeceğim. Herkese aslında şöhret diye bir şey olmadığını göstereceğim. Ya da şöhretin zannettikleri gibi bir şey olmadığını.

"Bundan sonra kaç sene yaşarım bilemiyorum. Geriye, nereye gideceği belli olmayan birkaç altın kaplama heykelcikten fazlasını bırakmak istiyorum. O heykelciklerin, geride bırakacağımız bütün maddi değerler gibi, hiç ama hiçbir anlamı olmadığını söylemek istiyorum.

"Oscar'ı, şöhreti, malikânesi, özel jeti olmayanlar bunu anlamıyorlar bir türlü. Başarının, zenginliğin, tanınmış olmanın insana mutluluk getirmediğini bir türlü anlamak istemiyorlar. Ama ben yine de söyleyeceğim, Hakan. Hayatın bana öğrettiğini hayata geri vermiyorsam, hayatımı israf etmiş olurum. İşte onun için söyleyeceğim."

Kâğıdı bana uzattı. "Bu, kitabımın ilk sayfası. Koy cebine şimdi. Kitap bitmeden senden başka kimsenin görmesini istemiyorum. Kimseye göstermeden bir ara okursun."

12

Bu noktada kendi hikâyeme dönmek istiyorum çünkü Artist Kamil'in anlattığı şeylerle biraz alakalı.

Üniversiteyi bitirdiğim yıldı. Bir roman yazmıştım. Hastanedeki ve marketteki olaylardan sonra bir üçüncü vaka yaşanmayalı neredeyse altı yıl olmuştu. Gördüğüm o iki hayal kişi dışında başka "gerçek olmayan" hiçbir varlık ya da nesne görmemiş olmam, iki olay arasında senelerle ifade edilen uzun bir süre olması, hayatımı herkes gibi sürdürmeme olanak sağlamıştı. Ama herkesten bir farkım vardı, bu iki olay hayal gücümün epey genişlemesine sebebiyet vermişti. Aradan altı sene geçmesine rağmen, her an üçüncü hayalin karşıma çıkmasını bekliyor, yeni karşılaştığım insanlara hep bu gözle bakıyordum.

İnsanlara aklınızla değil hayal gücünüzle baktığınız zaman ister istemez ortaya bir sürü hikâye çıkıyor, dünya âdeta bir masal diyarına dönüyor. Sayısız masal kahramanı ve onların ortasında anlatıcı olarak siz. Durum böyle olunca, bu farklılığımdan yararlanabilmek, hayata masalsı bakışımı olumlu bir yöne kanalize edebilmek için kısa öyküler yazmaya başladım. Bir gün başarılı bir yazar olma ümidiyle.

Öykülerim birkaç dergide yayınlanınca ve beğenilince, bu konudaki ümidim arttı ve böylece üniversitedeki son senemde bir roman yazmaya başladım. Romanımı sekiz ayda tamamlamıştım ve sonuçtan memnundum; ortaya kalbime dokunan bir hikâye çıkmıştı. Ama sonra hesap etmediğim bir şey oldu. Roman boyunca beni taşıyan hayal gücüm beni çok farklı yerlere taşımaya başladı. Ortaya çıkan bu "muhteşem kitabın" çalınacağından korktum ve hemen notere koşup tasdik ettirdim. Bu, içine düştüğüm hayal âleminin sadece başıydı. Gerisi şöyleydi:

Kitabımı ülkemin en büyük yayınevi basacaktı, bir iki ay içinde raflarda olurdu. İlk haftadan çoksatanlar listelerinde yer alacağını düşünüyordum. İlk haftadan bir numara olamazdı belki ama, birkaç hafta içinde bir numaraya da çıkacağına inanıyordum. Sonra röportajlar gelecekti tabii. En büyük üç gazete dışında başka gazetelere röportaj vermeyi düşünmüyordum. Çıkacağım televizyon kanalları konusunda da seçici davranmalıydım. Basın danışmanıma en çok reyting alan kanal ve program dışında bir yerde görünmek istemediğimi söyleyecektim.

Zamanımı daha çok, kitabımı ilk haftalardan en çok okunan kitaplar arasına sokan okurlarımla geçirmek istiyordum; imza günleri, okur etkinlikleri, söyleşiler, vesaire. Sonra yurt dışı baskıları gelecekti. Kitabım bir sürü dile çevrilecek, çok farklı kültürlerden yüz binlerce okurla buluşacaktı. Uluslararası basın röportajlar yapacak, dünyanın birçok yerinde imza günlerim olacaktı. Meşhur olmak istiyordum diyemem, ama bu herhâlde kaçınılmaz olacaktı ve bu konuda yapacak bir şeyim yoktu.

İşte hayal gücüm beni böyle karanlık yerlere götürmüştü. Karanlıktı çünkü aydınlık olan tek şey vardı, o da kitabımdaki öykü. Bunu sonradan anladım. Bir yazara ışık veren kitabının ne kadar sattığı, kaç dile çevrildiği, kendisinin ne kadar takdir gördüğü değildir. Ona ışık veren, kalbinden kopup gelen öyküdür, o öykünün sahiciliği. Çünkü sahici öyküler, yazarlarının ulaşmayı bile hayal edemeyecekleri bir yerden gelirler.

Belki şaşıracaksınız ama yazar olamadım. Hayal gücüm beni yanıltmıştı. Ya da ben onu yanıltmıştım. Ama sonuçta ne yazdığım kitap basıldı ne de yazarı dışında başka biri tarafından okundu. Uğraşmıştım, bir sürü yayınevinin kapısını çalmış, elimden geleni yapmıştım.

Hiçbir yayınevinden haber çıkmamıştı. Lisanı münasip ile aradan aylar geçtiğini kitabımı değerlendirip değerlendirmediklerini sorduğumda ise, her dosyaya verilen standart cevaplarla karşılaştım. Cevapların özeti şuydu: Bize bu fırsatı verdiğiniz için teşekkür ederiz. Ancak gitgide zorlaşan yayıncılık şartlarında, kitabınızı başarılı bir şekilde yayınlayabileceğimizi düşünmüyoruz. Genç bir yazar adayı olarak ümit vadediyorsunuz. Yazmayı bırakmayın.

Bir yazarı yazar yapanın, kalbinden kopup gelen öykü olduğunu, sahici öykülerin, yazarlarının ulaşmayı hayal bile edemeyecekleri bir yerden geldiğini söylemiştim. Peki yazar olamadıysam, bunu nereden mi anladım? İşte o da karşılaştığım üçüncü hayal kişiyle alakalı. Anlatayım.

13

Ümit beslediğim son yayıncıdan ret cevabı aldığım gündü. Akşam erkenden yatmıştım. Uyuyup unutmak için. Ama bunu bir türlü başaramıyordum. Yatakta ölü gibi yatıp saatlerce tavana bakıyordum. Hayal gücümle hayli renklendirdiğim bu monoton dünya benim için bir kez daha kararmıştı. Kendimi teselli etmeye çalışmayı denemiştim. İlk kitabımdı bu, daha gençtim, yolun başındaydım. Aldığım ret cevapları beni yıldırmamalı, aksine kamçılamalıydı. Yeni bir kitap yazardım, daha iyisini. Hem daha tecrübeliydim artık; bir kitap yazmıştım, ikincisi daha kolay olacaktı. Azmin elinden hiçbir şey kurtulamazdı. Nam salmış bir sürü yazarın yaşadığı bir durumdu bu. Onların kitapları da sayısız kez reddedilmişti zamanında. Hatta sonradan milyonlarca okura ulaşan kitapları bile. Bütün bunların ışığında, bu yenilginin beni yıldırması çok saçmaydı.

Sanırım doğru kelime buydu. Yenilgi. Kendimi yenilmiş hissediyordum. Bir doğru kelime daha, hissetmek. His.

Herhangi bir konuda aklınız ne söylerse söylesin, ne kadar mantıklı ve doğru konuşursa konuşsun, hisler size hükmedebiliyor. Sizi yıkan gerçekler olmuyor, gerçekler karşısında duyduğunuz hisler oluyor. Hüzün, ümitsizlik, yılgınlık. Denediğiniz, elinizden gelenin en iyisini yaptığınız hâlde, bunun yeterli olmaması sizi karanlığa itiyor. Aklınız ne kadar ışık dolu telkin ve teselliler getirirse getirsin, hislerinizin sizi içine attığı bu karanlığı aydınlatamıyor.

İşte bu hâldeydim. Karanlık odamda, yatakta. Tek istediğimin, uyuyabilmek ve ertesi güne uyanmamak olduğunu düşünüyordum. O anda, tam bunu düşünürken, odamın ışığı yandı birden. İrkildim. Saniyeler önce kıpırdamak istemeyen bezgin bedenim gördüğüm manzara karşısında hızla doğruldu. Odamın içinde uzun sakallı, çatık kaşlı, hayli vakur ve azametli bir görüntüsü olan bir adam vardı.

İlk andaki duyduğum reflekssel korku ve şok, yerini meraka bıraktı. Çünkü karşımda duran bu adamın uzun süredir ortaya çıkmasını beklediğim üçüncü hayal kişi olduğunu biliyordum. Tek fark, onun, diğer ikisi gibi normal bir insanla karşılaşabileceğim şekilde ortaya çıkmamış olmasıydı; aniden odamda bitivermişti.

Bir şey söylemeden gözlerinin içine bakıyordum. O da bir şey söylemiyordu. Yatağımın ucuna yavaşça oturdu. Bir yabancıya benziyordu, Türk olmadığından neredeyse emindim. Eski dönemlere ait lacivert-gri bir kıyafet giymişti. Üstünde bilgelere mahsus bir sükûnet vardı. Ve onun bu hâli sanki bütün odaya yayılmıştı. Onun için, bu hayalin de bana zarar vermeyeceğinden emindim.

Sonunda sessizliği bozmak adına hafif bir sesle sordum:

"Kimsiniz?"

Yabancı bir dilde bir şeyler mırıldandı. Sanırım Rusçaydı.

"Sadece İngilizce biliyorum," dedim.

"Önemli değil," dedi. "Diller arasındaki engeller, bu dünyaya aittir. Ben ise bu dünyaya ait değilim artık. Onun için Türkçe de konuşabiliriz."

"Buna sevindim," dedim gülümseyerek. "İsminiz?"

"Lev," dedi. "Lev Tolstoy."

14

Bu noktada bir parantez açmak istiyorum. Gördüklerimin ne olduğu konusunda kafam gitgide daha da karışıyordu. Gördüklerim neydi? Hayal mi, halüsinasyon mu, melek mi, ruh mu? Gelen Lev Tolstoy'un ruhu muydu, gerçekten onun kendisi miydi? Ruhlar âleminden bana yardım etmeye mi gelmişti Tolstoy? Yoksa Tanrı onun suretinde bir melek mi göndermişti? Ya da zihnimin yoktan yarattığı bir hayal ürünü müydü?

Hayal ürünleriyse bunlar, üşüten bir kafanın, sağlığını kaybeden bir aklın ürünleriyse, o hâlde nasıl hayata benim bilmediğim ya da başaramadığım açılardan bakabiliyorlar, nasıl yardımıma tam ihtiyacım olduğu anda yetişiyorlardı? Kendi zihnim beni karanlıklara gönderirken, zihnimin ürünü bir hayalin beni o karanlıktan çıkarması mümkün olabillir miydi? Benim fevkimde bir güç, bir akıl, bir planlayıcı olmalı değil miydi bütün bunların ötesinde? Bunlar hayal değilse, neydi peki?

İşte "Lev Tolstoy" ile görüşmemi takip eden günlere, aylara, hatta yıllara bu sorular hâkimdi. Bir cevaba ulaşamıyordum. Bir süre sonra bu soruları sormayı bıraktım. *Hayat* filmini izlemeye başladım. Filmin kahramanlarından, münferit olaylardan çok, filmin özünü görmeye çalıştım. Ne anlatıyordu bu film bana?

Herkesinki gibi, benim hayat filmimin senaristinin Tanrı olduğunu biliyordum. Yapımcısı da yönetmeni de Tanrı'ydı. Bir de başkahramanı biliyordum. Herkes gibi, ben de kendi hayatımın başkahramanıydım. Ama gerisi detaydı. Filmde kaç karakter olduğuna, kim olduklarına, hangi sahnede oynadıklarına ve nasıl oynadıklarına odaklanmak yerine, filmin özüne odaklanmalıydım.

Her film bir hikâye anlatır. Tanrı bana bu hikâyeyi niye anlatmak istemişti, önemli olan buydu. Bir filmdeki belli bir rolü farklı aktörler oynayabilir, yapımcı o rolü istediği aktöre verebilir; oyunculuk değişebilir ve bu filmin kalitesini etkileyebilir, ama filmin özünü etkilemez, senaryoyu değiştirmez.

Eğer ben şimdi, sadece bu hayallere değil, hayat filmimin içindeki diğer kahramanlara da odaklanırsam, filmin özünü, hikâyenin neden böyle yazıldığını görmeyebilir, detaylarda boğulup büyük resmi görmezden gelebilirdim. Bunu yapmak istemiyordum; bu hayat filmiyle bana anlatılmak isteneni ıskalamak istemiyordum. Filmin kahramanları ve sahneleri önemsiz değildi elbette, ama film ne anlatıyordu önemli olan buydu.

Bu film çok önemliydi çünkü her insanın tek bir filmi vardı. Ve o film, Tanrı'nın bize seslenişiydi. Seslenişi duymak yeterli değildi. Tanrı bu seslenişle ne diyordu bana, Hakan'a, özel olarak. İşte hayat, her şeyden çok, Tanrı'yla aramda geçen özel bir konuşmaydı. Tanrı anlatıyordu, ben dinliyordum. Daha doğrusu, dinlemem lazımdı. Sadece duymak yetmiyordu.

İşte, gördüğüm hayali kişilerin ne olduklarını anlamlandıramamam, beni böyle düşünmeye itmişti. Artık onları, "hayal," "halüsinasyon," "melek" diye tanımlamak yerine, Tanrı'nın kelimeleri olarak görüyordum. Tanrı'nın bana "hayat" adı altında söylediği sözler.

Bir hikâyeyi anlamanız ve sevmeniz için, o hikâyenin içinde geçen her kelimeyi bilmeniz, anlamanız gerekmez. İşte benim de ümidim buydu. Bu hayali kişilerin kimler olduğunu hiç anlayamasam bile, Tanrı'nın bana ne söylediğini anlayabilir, söylenenlerden -hayattan- keyif alabilirdim. Eğer Tanrı'nın size seslendiğini duyuyor ve onun söylediklerini anlıyorsanız, başka ne istersiniz ki?

Daha önce bilmediğim bir şeyi anlamıştım. Her birimizin "benim hayatım" ya da "hayat öyküm" dediğimiz şey, aslında Tanrı'nın bize seslenişinden başka bir şey değildi. Bunu anlamama aylar sonra Lev Tolstoy ile yaptığım ikinci konuşma vesile olmuştu. Şöyle demişti Tolstoy:

"Tanrı her kuluyla özel bir sohbet gerçekleştirmek ister. Her insana diğer kullarına söylemediği yeni bir söz söyler. Bu söz, kulu için yazdığı hayat senaryosundan başka bir şey değildir. Başka bir deyişle, her birimizin hayatı aslında Tanrı'yla gerçekleştirdiğimiz bir sohbettir."

Sonra bir an durmuş, yüzünde beliren bir gülümsemeyle, şunu eklemişti:

"Tanrı'yla gerçekleşen bir sohbet, eğer onunla sohbet ettiğimizin farkındaysak tabii, nasıl kötü olabilir ki?"

15

Hayal mi, halüsinasyon mu, melek mi olduklarını bilemediğim ve -hayatıma giren her insan ve her olay gibi- "Tanrı'nın bana seslenişinin kelimeleri" olarak görmeye çalıştığım bu varlıklara bu andan itibaren "hayal dostlarım" diyeceğim.

Hikâyeme -hayal dostum Tolstoy ile ilk karşılaştığım güne dönmek gerekirse...

Lev Tolstoy olduğunu söyleyince, bunu hikâyemin geri planı çerçevesinde değerlendirdiğim için şaşırmadım. İçine düştüğüm en karanlık anlarda yardımıma hayal dostlar yetişiyorsa, beni karanlığa iten son şey yazarlık sevdam olunca, hayranı olduğum Tolstoy'un karşıma çıkması o kadar da şaşırtıcı ve beklenmedik değildi. Asıl merak ettiğim konu, Tolstoy'un hayatımın detaylarından haberdar olup olmadığıydı. Romanımı büyük bir şevkle tamamladığımı, yazarlık geleceğimle ilgili kurduğum düşleri ve sonrasında romanımın bütün yayınevleri tarafından reddedildiğini biliyor muydu? Biliyorsa, içine düştüğüm karanlığın, yılgınlığın, ümitsizliğin boyutundan da haberdar mıydı?

Ben daha ona bunlardan herhangi birini sormadan, elini omzuma attı ve "Biliyorum, Hakan" dedi. "Olanlardan da, ruhunu gasp eden hislerden de haberdarım."

Bunu duymak içime bir ferahlık vermişti. Özellikle kullandığı "ruhunu gasp eden hisler" ifadesi, beni anladığını gösteriyordu.

"O hâlde," dedim. "O hâlde dostum, ne söylemek istersin bana?"

Başını iki yana salladı.

"Sana bir şey söylemek için gelmedim. İyi olduğundan emin olmak için geldim."

Aklımı kurcalayan o her zamanki soruyu, tatminkâr bir cevap alabileceğimi ummasam da sordum:

"Nesin sen, bu gördüğüm nedir? Tolstoy'un ruhu musun? Öbür dünyadan mı geldin? Yoksa zihnimin bir oyunu musun, bir hayal misin sadece? Sen ilk değilsin. Daha önce iki kişiyle daha karşılaştım senin gibi. Onlar tanınan, bilinen kişiler değillerdi ama bir şekilde hayata dönmeme yardımcı oldular. Kimsiniz siz, beni korumak için zihnimin geliştirdiği bir savunma mekanizmasının ürünleri misiniz?"

Hayal dostum Tolstoy yüzünü ekşitti. "Benim hakkımda çok şeyler söylendi dostum. Ama ilk kez bir kimse benim bir *ürün* olup olmadığını sorguluyor." Gülümsedi. "Benim açımdan sorun yok, hiçbir zaman olmadı, benim hakkımda herkes istediğini düşünebilir, söyleyebilir. Kendim hakkımda başkalarının benim hakkımdaki düşüncelerinden daha isabetli bir hükmüm yok sonuçta."

Verdiği bu cevaptan ve sonrasında sessiz kalmasından, sorumun cevabını alamayacağımı anlamıştım.

"Peki dostum," dedim. "Demek iyi olup olmadığımdan emin olmak için buradasın. Öyleyse şu kadarını söyleyebilirim ki, şimdi daha iyiyim. Böyle bir buluşmaya ihtiyacım vardı. Yine de ben anlatmanı isterim. Bu devirde Tolstoy ile röportaj yapma imkânı bulan tek kişiyimdir herhâlde. Bu fırsatı kaçıramam."

Gülümsedi. "Ne bilmek istiyorsun?"

"Bana ne faydalı olacaksa onu. Durumumdan haberdar olduğunu söyledin. Dünya edebiyatının zirvesine çıkmış ve oradan hiç inmemiş bir yazar olarak, bana neler söyleyebilirsin?"

Güldü. "Dünya edebiyatının zirvesi mi? Bunlar edebiyatın ne olduğunu bilmeyenlerin icat ettikleri ifadeler dostum. Edebiyat bir dağ değil ki, zirvesi olsun. Belki bir okyanus. Okyanusların zirvesi yoktur. Okyanusun derinliklerine dalanları da göremezsin. Belki biz yüzeyde kaldığımız için bu kadar görünür, bilinir olduk."

Tolstoy'un mütevazı kişiliğinden bütün dünya gibi ben de haberdardım ama en azından böyle bir sohbette mütevazı olmasını beklemiyordum. Dünya edebiyatının gelmiş geçmiş en büyük yazarlarının -Dostoyevski'nin, Flaubert'in, Nabokov'un, Çehov'un, Virginia Woolf'un, James Joyce'un- övgüler yağdırdıkları, yere göğe koyamadıkları Tolstoy, nasıl olur da "Belki biz yüzeyde kaldığımız için bu kadar görünür, bilinir olduk" diyebilirdi? İtiraz ettim.

"Ya tevazu gösteriyorsunuz ya da hakikaten zihnimin ürünü sahte bir Tolstoy'sunuz."

Güldü. "İkisi de değil evlat," dedi. "Gerçeği söyledim. Hem bu konuda uzlaşıp uzlaşmamamızın bir önemi yok. Önemli bir konu değil çünkü. Edebiyat neyse ya da ne değilse, benim ya da başka bir yazarın onun neresinde olduğunun hiç mi hiç önemi yok."

"Önemi yok mu? Nasıl yani? Yazdığınız o muhteşem eserlerin, kitaplarınızın dünyanın dört bir yanına yayılmış olmasının önemi yok mu? Siz bu dünyadan ayrıldıktan yüz sene sonra bile okunuyor olmanızın hiçbir önemi yok mu?"

Elini elimin üstüne koydu. Eli sıcacıktı. Derin bir nefes aldıktan sonra, "Kolay pes etmeyeceksin anlaşılan," dedi. "Dinle, anlatayım o zaman."

16

"Bir tren istasyonunda öldüm," diyerek anlatmaya başladı:

"Bir yazar olmak önemliydi benim için. Bunun için yaratıldığımı düşünüyordum. Yazmak önemliydi. Bir kitabı tamamlamak. Yayınlanması. Okunması. Çok okura ulaşması. Farklı dillere çevrilmesi. Senden bir farkım yoktu anlayacağın. Seninle aynı şeyleri düşlemiştim bir dönem.

"Öleceğim tren istasyonuna ulaşmadan önce hasta bir vaziyette trende saatlerce yolculuk ettim. Bir sürü insan vardı trende. Onlarla sohbet ettim. Nelerden konuştuk biliyor musun? Ya da nelerden konuşmadık? Edebiyattan konuşmadık, kitaplarımdan konuşmadık, ünümden ya da benden konuşmadık. Sevgiden konuştuk. Çünkü hayattan geriye kalan başka bir şey yok.

"Velev ki, edebiyat bir dağ olsun ve ben onun zirvesine çıkmış olayım. Ya da dünyanın gelmiş geçmiş en büyük yazarlarında olmuş olayım. Okurlar, edebiyatçılar, dünyanın en büyük yazarları, hatta krallar, filozoflar, sanatçılar bana övgüler yağdırmış olsun. Bunların hiçbirinin ne o trende, ne son nefesimi verdiğim o tren istasyonunda ne de oradan gittiğim âlemde bana bir faydası vardı. Bir şeyin sana faydası yoksa, doğal olarak o şeyi umursamıyorsun.

"Benimle kalan ve bana faydası olan tek şey vardı. O da yüreğimdeki sevgi. Hem dünyadaki yaşantımda hem de ondan sonrakinde. Yazdığım öyküler, anlattığım hikâyeler önemsiz demiyorum. Ama onların önemi içlerindeki sevgiden geliyor. Ne ünlü bir yazar tarafından yazılmış olmalarından ne de çok okunmuş, çok övgü almış olmalarından.

"İşte bu yüzden, sevgili dostum," dedi. "Ne kitabının basılmamasını ne de yazar olamamayı kendine dert edin. Çünkü sevgiyi sadece kitapların, öykülerin içine değil, her şeyin içine koyabilirsin. İleride, hayatının sonuna yaklaşan herkes gibi sen de göreceksin ki, sevgi dışında her şey bir seraptır."

17

"Sevgi dışında her şey bir seraptır."

Son sözü buydu. Bunu dedikten sonra kaybolmuştu Tolstoy. Ama söyledikleri kaybolmamıştı. Bu yeni hayal dostumla, bir kez daha Tanrı bana uzanmış, beni içine düştüğüm karanlıktan çekip çıkarmıştı.

Hayal dostum Tolstoy'un söylediklerini bir kez daha hatırlamıştım Artist Kamil'in bana verdiği kâğıdı okuyunca. Otobiyografisinin ilk sayfası olduğunu söylediği kâğıtta şunlar yazılıydı:

"Bir filmi anlamak için sonunu bilmek gerekir. Ve bazı filmler, hikâyenin sonuyla başlar. Ben de kendi hayat filmimi size anlatırken, böyle yapacağım, sondan başlayacağım. Çünkü bir hikâyenin özü hikâyenin sonunda gizlidir.

İşte böyle dostlarım. Hayatımın sonundan başlayalım öyleyse... Malibu'daki evimdeyim. İnsanlar ona saray yavrusu, malikâne gibi sıfatlar taksalar da, ben ev demeyi tercih ediyorum. Büyüklüğüne odaklanmak istemiyorum, bu bana içindeki büyük boşlukları hatırlatıyor. Ama manzarasını, Pasifik Okyanusu'nu seviyorum. Beni şu sıralar rahatsız etmeyen bir büyüklük varsa, o da okyanusun büyüklüğü. Çünkü bana evin -ve kendimin- küçüklüğünü hatırlatıyor.

Hayatım boyunca benim ismimi büyütenler, aslında benim içimi küçültmüşler, bunu ne yazık ki yeni yeni anlıyorum. Şu anda hemen karşımdaki rafta yan yana dizilmiş üç tane altın heykelcik var. Bana bakıyorlar boş boş. Kalkıp yanıma gelemiyorlar. Benimle dertleşemiyor, içimdeki darlığı genişletemiyorlar.

Bir dönem, onları -özellikle birinci heykelciği- bana uzattıklarında, hayatımın kurtulduğunu sanmıştım. Mutluluk, özgürlük, yenilmezlik, yücelik, ölümsüzlük sunulmuştu sanki bana. Hepsi sanki o heykelciğin içindeydi. Bunu düşünmekte yalnız değildim. Başkaları da öyle düşünüyordu. Sanırım bu yüzden bu kadar uzun sürdü bu yanılsamadan kurtulmam.

Oysa şimdi o heykelciğe ve yanında ilave edilen ikinciye, üçüncüye baktığımda, ne kadar safmışım diyorum. Hayır, *saf* doğru kelime değil sanırım. İlk heykelciği elimde tuttuğumda saf olabilirim. Ama ikinci ve üçüncüyü alırken, yine aynı yalana kanıyorsanız, bunun adı aptallıktan başka bir şey değildir.

İşte böyle dostlarım, hayat hikâyemin sonu, başının ve özellikle ortasının aksine, çok pırıltılı değil. Büyüklüğü içimi daha da daraltan bir evde, aptal aptal bakmakta olduğum Oscar'larımla, bana zamanında vadettikleri *kurtuluş*'tan çok uzak hislerle, filmin sonunun gelmesini bekliyorum. Acelem yok. Ama sonu beklerken, film içinde vadedilen *mutluluk, özgürlük, yenilmezlik, yücelik, ölümsüzlük*'ten en azından birine sahip olarak beklemek isterdim. Biri bile yeterli olurdu filmi izlemeye değer kılmaya.

Biliyorum, içinizi kararttım. Üç Oscar'lı, dünyanın gelmiş geçmiş en iyi aktörleri arasında gösterilen bir yıldızın otobiyografisi iç karartıcı olmamalı, hayır. İç karartıcı bir kitabı kim okumak ister ki?

O hâlde, buyurun, hayat hikâyemin başına ve ortasına. Başarı, sanat, aşk, zenginlik, şöhret dolu pırıltılı hayatıma. Sizden tek bir ricam var yalnız. Başın ve ortanın büyüsüne kapılıp hikâyenin sonunu unutmayın."

18

Bu öğlen yine doktorlarla takıştık. Allah'tan imdada Doktor Timuçin yetişti de, ne yaptı etti sorunu halletti, İbrahim ile Halit'i ellerinden kurtardı.

Efendim durum şu ki, İbrahim ile Halit burada uzun bir süredir kalan iki hasta ve ne yazık ki her hastanın nefret ettiği elektroşoktan en çok nasibini alanlardan. Doktorlara bir türlü anlatamıyoruz, bu yöntemin devri kapandı, gelişi güzel vermeyin elektriği diye. Velhasıl, bir türlü ikna edemiyoruz. Hadi yerli yerinde kullansalar, ona da bir şey demeyeceğiz, ama delüzyon sahibi hastalar üstünde de gelişi güzel kullanıyorlar keyiflerince. Hasta elektriği yiyince, doktorların istedikleri şeyleri söylüyor tabii, daha fazla şoklanmamak için. Böylece bizim doktorlar da bir işe yaradıklarını, hastaların delüzyonunu tedavi ettiklerini sanıyorlar.

Bazıları da tedavi niyetiyle değil, sesimizi kesmek ya da daha vahimi, onların suyuna gitmediğimiz için intikam amacıyla yapıyor bunu. Tabii bu söylediğim çoğu için geçerli değil, Hipokrat yemininin h'sini bile hatırlamayan böyle bir iki tane var sadece, ama onlar yetiyor da artıyor.

Neyse, bugünkü olaya dönmek gerekirse... Doktorlardan biri, İbrahim ile Halit'e yine elektroşok uygulamak istedi. Sebebi İbrahim'in kendisinin Marslı olduğunu sanması. Doktorlar "Nerelisin sen?" diye sorduklarında, hep "Mars'tanım" diyor, oysa Urfalı kendisi. Halit ise midesinde cep telefonu olduğuna inanıyor ve telefonun sürekli çalmasından yakınıyor. "Sürekli çalıyor! Durduramıyorum! Başım ağrıyor!" diye bağırıp çağırarak dolaşıyor ortalıkta.

İşte işgüzar doktorlardan biri, bu sebeple ikisine de elektroşok uygulamaya karar verince, itiraz ettik. Terapi odasının kapısının önüne geçtik ve İbrahim ile Halit'i içeri sokmalarına izin vermedik. Tabii diğer doktorlar da geldiler ve tartışmaya başladık. Doktorlar doğal olarak kontrolü ellerinde tutmak istiyorlar. Bir şey demiyoruz, haklıdırlar, sonuçta bizi tedavi etmekle görevliler. Ama gerekli gereksiz elektriği yiyen biz oluyoruz. İsyan etmekte haklı değil miyiz?

Doktor Timuçin Bey de bizim gibi düşünüyor aslında. Böyle şeyler için elektroşok terapisini son derece gereksiz buluyor ve bizim için üzülüyor. Ama genç ve yeni bir doktor olduğu için, kıdemi buradaki doktor çetesine söz geçirmeye henüz yetmiyor. Henüz diyorum çünkü çok büyük bir doktor olacak o. Buradaki doktorların -başhekim dâhil- hepsini bir çuvala koyun bir tane Doktor Timuçin etmezler.

Yine de, bizim için belirli izin ve imtiyazlar koparmayı başardığı oluyor, tiyatro ve orkestra mevzusunda olduğu gibi. Ancak elektroşok meselesinde iki üç kez girişimde bulunduğu hâlde bir netice alamadı. Eminim ki o, bizden daha fazla üzülüyor bu duruma.

İşte biz terapi odasının kapısında doktorlara bağırıp çağırırken, Doktor Timuçin Bey geldi. Onu görünce yatıştık. Ama Halit hâlâ, ağzında sigara, "Çok kötü çalıyor telefon, susturamıyorum!" diye söylenmeye devam ediyor, doktorların eline koz veriyordu.

Doktor Timuçin meseleyi anladıktan sonra, İbrahim ve Halit ile beş dakika özel görüşmek için diğer doktorlardan müsaade aldı. Olayın yatışmasını isteyen doktorlar buna itiraz etmediler, ama özel görüşme bitince mutlaka terapiyi uygulayacaklarını söylediler. Çünkü bu isyandan bugün hastalar galip çıkarsa, bunu her gün tekrarlayabilirlerdi.

Doktor Timuçin, İbrahim ile Halit'i iki ayrı odaya soktu ve her biriyle ikişer dakika özel görüştü. İçeride neler olup bittiğini kimse bilmiyordu. Ve hepimiz -doktorlar dâhil-meraktaydık. Odadan önce Halit çıktı. Ne ağzında sigara vardı ne de telefondan bahsediyordu. Hepimizin üstünde şaşkınlık ifadesi vardı. Son iki saattir peş peşe yaktığı sigaraları hiç kimse elinden almayı başaramamıştı. Buna yeltenen olursa, bağırıp çağırıyor, kafasını duvarlara vurmaya başlıyordu. Kendine zarar vermesin diye doktorlar bile sigarasına müdahale etmiyorlardı.

Ama sigarasını bırakmış olmasından daha çok, midesindeki telefondan bahsetmemesine şaşırmıştık. Sabahtan beri hiç susmamış, hep "Telefon çalıyor! Telefon çalıyor!" diye tekrarlayıp durmuştu. Şimdi ise tamamıyla sessizdi, ne bir şikâyet ne bir söz. İki dakikada ne olmuştu içeride de Halit dışarıya böyle çıkmıştı?

Halit susmazsa, elektroşok yiyeceğini zaten biliyordu, ama bu gerçek onu susturmaya yetmemişti. O yüzden Doktor Timuçin onu, bunu söyleyerek susturmayı başarmış olamazdı. O hâlde ne olmuştu içeride?

İbrahim de dışarı çıkmıştı. Ve herkesin gözü önünde Doktor Timuçin ona sordu: "Nerelisin sen?"

"Urfalıyem, Doktor Bey."

Hepimiz şoktaydık. Diğer doktorlar birbirlerine bakıyorlardı. İbrahim, ben onu tanıdığımdan beri ilk kez Urfalı olduğunu söylemişti. Doktorlardan biri atıldı:

"Hani Mars'tandın sen! Senelerdir Marslıyım demiyor musun?!"

"Urfalıyem, Doktor Bey," dedi İbrahim.

"Pekâlâ," dedi Doktor Timuçin. "Hadi dağılalım arkadaşlar, odanın önünü boşaltın. Terapiyi gerektirecek bir durum yok gördüğünüz gibi."

Hoşlarına gitmese de, diğer doktorların yapacakları bir şey yoktu. Biz mutlu ve mutmain, doktorlar homurdanarak, hepimiz dağıldık.

İçlerinde benim de olduğum bir grup, İbrahim ile Halit'in yanına gittik önce. Neler olup bittiğini anlamak için. İkisini de konuşturamadık. Keyifli görünüyorlardı, ama ısrar etsek de, içeride ne olduğunu öğrenemedik. Diğer doktorlar kattan ayrılınca bu kez de, Doktor Timuçin'in başına üşüştük. Herkesin merak ettiği soruyu ilk soran ben oldum:

"İbrahim ile Halit'e ne yaptınız Doktor Bey?"

"Bir şey yapmadım, arkadaşlar," dedi Doktor Timuçin. "Hadi dağılalım şimdi, akşam tiyatronuz var sanırım, biraz dinlenin."

Ben ikna olmamıştım tabii. Doktor Timuçin'in ısrarları üzerine bir süre sonra dağılmıştık ama, ben onu yalnız yakaladığım bir zaman, sorumun cevabını mutlaka alacaktım.

19

Üniversitede, kendimde olup bitenleri anlayabilmek adına, psikoloji okumuştum. Bunun hayatımı kazanmada bir dezavantaj olacağını tahmin edebiliyordum, ama yine de başka dallara kendimi hiç yakın görmüyordum. Bu kararımla, ne kadar doğru yaptığımı şimdi daha iyi anlayabiliyorum. Elbette burada bir ironi mevzubahis. Psikoloji okuyan birinin şu anda bir akıl hastanesinin uzun süreli hastalarından olması.

Ama hayat böyle işte. Planlayamıyorsunuz. Ya da planladığınızı sanıyorsunuz. Günlük tutanlar sanırım bunu daha iyi göreceklerdir. Hangimizin hayatı planladığımız, düşündüğümüz yönde gidiyor ki? Ne kadar özgür iradeden bahsedersek edelim, hayatımızı kontrol altına almak, hayatımızın planladığımız şekilde gitmesi adına ne yaparsak yapalım, ister adına kader deyin, ister başka bir şey, bir rüzgâr bizi alıp tasarladığımızdan başka bir dünyanın içine atıyor.

Bu kötü bir şey mi? Sanmıyorum. En azından kendi adıma şunu söyleyebilirim ki, benim içine atıldığım hayat, şu anda bir akıl hastanesinde olsam da, ilk gençlik yıllarımda kendim için tasarladığım hayattan çok daha renkli, ilginç, mutlu ve en önemlisi, özgür oldu. Hayal dostlarım ve onların bana getirdiği farkındalık sayesinde.

Hayal dostlarımın dünyasında öğrendiğim en önemli şeylerden biri, kendimi kimseye kanıtlamak zorunda olmadığımdı. Ne aileme, ne arkadaşlarıma, ne topluma, ne de kendime. İşte sanırım beni özgürleştiren, beni mutlu bir insan yapan şey de buydu. Kendimi kimseye kanıtlamaya çalışmamak.

20

Üniversiteden sonra, hemen hemen herkes gibi, okuduğumdan farklı bir alanda çalışmaya başladım. Bir gazetede muhabir olarak. Psikolojiyle ilgili kısa vadede geçimimi sağlayacak bir iş olanağı göremiyordum. Doktora yapıp bir üniversitede öğretim görevlisi olmak bana çok uzaktı. Tez yazmak, araştırmalar, senelerce eğitim, vesaire. Akademik biri değildim. Sonunu göremediğim ve katetmek istemediğim bir yoldu bu.

Bir diğer seçenek psikoterapist olmaktı. Bunun ise iki sakıncası vardı. Birincisi bunun için en azından Klinik Psikoloji'den master diplomasına sahip olmam gerekiyordu, bu da iki sene daha okumam anlamına geliyordu. Doktorayla kıyaslandığında, bu kabul edilebilir bir süreydi ve istersem altından kalkabileceğime inanıyordum. Beni bu yola girmekten alıkoyan şey ise ikinci sakınca ile alakalıydı. İçinde bulunduğum bu durum. Hayal dostlarım. Ne olduğu belli olmayan bir dünyanın parçasıyken, kendi akıl sağlığımın yerinde olup olmadığından emin değilken, nasıl bir psikoterapist olabilirdim ki? Üstelik bu gördüğüm varlık, hayal ya da halüsinasyonların sonunun nereye varacağını bilemiyordum. Akıl ve ruh sağlığım ile böyle bir belirsizlik varken, nasıl bir psikolog olabilirdim?

Böylece gazeteci olmaya karar verdim. Orta tirajlı günlük bir gazetede muhabir olarak işe başladım. Önce haber muhabiriydim, sonraki yıllarda ise, tanınmış kimselerle röportajlar yapmaya başladım.

İlk başta kendimi kimseye kanıtlamaya çalışmama prensibimin başarımı etkileyeceğini ve beni mesleğimde geri bırakacağına inanıyordum. Ama buna baştan razıydım. Başarının mutluluk getirmediğini biliyordum. Gerek hayal dünyamdaki dostlarımın anlattıklarından gerekse de gerçek dünyada en başarılı insanların hayatlarına baktığımda, bu gerçek çok aşikârdı. Mutluluk başarı ile elde edilebilecek bir şey değildi.

Hepimiz mutlu olmak istiyorduk. İçimizdeki en temel istekti bu belki. Ve başarılı olunca, mutluluğa kavuşacağımız zannına kapılıyorduk. Amaç mutlu olmaktı sonuçta, başarılı olmak ise bizi o amaca taşıyacağına inandığımız bir araç. Ama bu teori pratikte işlemiyordu; başarı mutluluk getirmiyordu. İşte bunun için ben çalışma hayatımın ilk yıllarından beri başarılı olmaya değil, mutlu olmaya odaklandım.

Bu durum iş hayatımda önce bir dezavantaj gibi görünse de, tam tersine bir avantaj oldu. Hırstan uzak yapım, sivrilmek için etik değerlerden ödün vermeyi denememem insanların beni sevmesini sağladı. Röportaj yaptığım insanlarda bu sebepten dolayı otomatik bir güven duygusu oluşuyordu. Kendilerini bana daha fazla açabiliyorlardı, daha keyifli röportajlar çıkıyordu ortaya. Biliyorlardı ki ben sansasyon yaratma ya da ses getirme peşinde değildim ve bunun için onların sözlerini çarpıtmak ya da onları istemedikleri bir şekilde yansıtmak eğiliminde olmayacaktım. Bana güvenerek, samimiyetime inanarak benimle paylaştıkları özel bilgileri röportajlarda kullanmadım ve başkalarıyla da paylaşmadım.

İşte korumaya çalıştığım bu etik değerler, röportajı yaptığım kişiyle empati kurmam, onların yerinde olsam bana sorulmasını istemeyeceğim hiçbir soruyu sormamam, sorduğum sorulara aldığım cevapları ise kendi süzgecimden geçirmeden, olduğu gibi yansıtmam, işimde başarıyı getiren faktörlerdi sanırım.

Mutluydum, ama mutluluğum başarılı olmamdan değil, işimi yaparken, inandığım değerlerden ödün vermemekten geliyordu. İşte bu yüzden bir gün, on iki yıldır çalıştığım gazetedeki işimden kovulduğumda, mutluluğum kaybolmadı.

21

Doktor Semih Bey nöbetçiydi bu akşam, haftalık listede öyle yazılıydı. Ama öğleden sonra bizi sevindiren bir haber geldi. Doktor Semih hastalandığı için nöbetçi olamayacaktı. Doktor Semih'e bir türlü kanımız kaynamamış olmasına rağmen, hastalandığına sevinmemiştik elbette. Bizi sevindiren, onun yerine nöbete Doktor Timuçin'in verilmiş olmasıydı. Hatta buradaki hastalardan ikisi bu haberi duyunca sevinçten oynamaya başladılar. Oynarken şöyle söylüyorlardı:

"Doktor Timuçin geliyormuş şinanay yavrum şinanay, Doktor Timuçin'i çok seviyoruz, şinanay yavrum şinanay, o da bizim gibi deli, şinanay yavrum şina şina şinanay..."

Doktor Timuçin'in nöbetçi olmasına hep sevinirdik, ama bugün ben özellikle sevinmiştim. Çünkü hâlâ İbrahim ile Halit'e yaptığı sihirli dokunuşun ne olduğunu merak ediyordum. Akşam muhakkak onu bir köşede sıkıştıracak ve yanıtı alacaktım.

22

Gazeteden neden kovulduğuma dair bir cevap alamamıştım. Sanırım gazete patronları arasındaki bir meseleydi. Ortaklardan birinin beni sevmediğini düşünüyorum. Yapmamı bizzat, özel olarak istediği bir röportajı yapmayı reddetmiştim, sebebi bu olabilir belki. Ama bu konuda bana söylenen bir şey yoktu, hatta kovulduğumu bile kimse bilmiyordu. Genel yayın yönetmeni bir gün gelip istifa etmem gerektiğini söyledi, ben de ettim. İstenmediğim bir yerde çalışmanın bir anlamı yoktu.

Dediğim gibi, bu durum bende bir mutsuzluğa yol açmamıştı. Başka bir gazetede iş bulabilirdim. Ama bunu yapmadım. Bir süre ara verip seyahat etmek istiyordum. Görmek isteyip de göremediğim bir sürü yer vardı. Bu fırsatı değerlendirip en azından bir kısmını görmek istiyordum. Ve böylece toplam on dört ay süren seyahatlerim başlamış oldu.

Hayal dostum Tolstoy'u gördüğüm ilk günden beri, iki kez daha görünmüştü Tolstoy bana. Onun dışında, ilk gördüğüm hastanedeki hayal dostumu bir kez görmüştüm.

Gazetecilik yaptığım dönemde bu vakaların haricinde bir olay yaşanmamıştı. Gördüğüm dördüncü hayal dostum ise işten ayrıldıktan sonra gittiğim ilk seyahatte karşıma çıktı. Bu sefer bir kadındı.

Size ondan bahsedeceğim, ama önce, hastanede gördüğüm hayal dostumu ikinci görüşümden bahsetmek istiyorum. Çünkü onunla ikinci görüşmem, hayal dostlarımın ne olup ne olmadıklarını bir kez daha sorgulamama sebep oldu. Aklıma uzun bir aradan sonra tekrar düşen soru şuydu:

Gördüklerim melek olabilir miydi?

23

Bir röportaja yetişmek için hızlı gidiyordum. Yağmur çiselemeye başlamıştı. Yağmurun çiselediği ilk anın, suyun yerdeki tozla birleşmesiyle birlikte yolun en kaygan, dolayısıyla en tehlikeli zaman olduğunu biliyordum. Yıllar önce ilk araba kullanmayı öğrendiğimde uyarılmıştım bu konuda. Ama o gün ne aklımda bu uyarı ne de yağmur vardı. Tek amacım, geç kalmak üzere olduğum röportaja yetişebilmekti. Aklımda, sormayı planlandığım sorular dönüyordu.

İşte o an, yola fırlayan bir kediyi ezmemek için frene bastığımda, olanlar oldu. Araba olduğu yerde dönmeye başladı. Tamamen kontrolüm dışımda, fırıl fırıl dönüyordu. Yolda seyreden az araba vardı, ama her an onlardan birine çarpabilirdim. Ya da yolun kenarındaki ağaçlardan birine çarpabilirdim. Camdaki manzara sürekli değişiyordu ve ben hiçbir şey yapamadan akıbetimin ne olacağını bekliyordum. Sonunda bir yayaya, bir arabaya ya da bir ağaca çarparak dursam, ki muhtemelen öyle olacaktı, bir başkasının ya da kendimin ölümüne sebebiyet verebilirdim. Sanırım 15-20 saniyelik bir süre olması gerekirdi arabanın dört kez olduğu yerde savrula savrula dönmesi, ama bana sanki on dakika gibi gelmişti.

Sanırım ikinci dönüşten sonraydı. Bir anda yanımda hastanede gördüğüm hayal dostum belirdi. Ve bana şu soruyu sordu:

"Son saniyelerini yaşıyorsan, bu dünyadan ayrılmaya hazır mısın?"

Aklıma gelen ilk düşüncenin sorunun cevabıyla alakası yoktu. İlk düşündüğüm, hayal dostumun Ölüm Meleği olup olmadığıydı. Öyle ya, onu ilk gördüğümde de ölümün kıyısına gelmiştim. Ama onun Ölüm Meleği olabileceğini düşünmek bilinçli yaptığım bir şey değildi; sorusunu duyar duymaz aklımda bu düşünce belirmişti aniden. Hemen arkasından gelen düşünce ise İvan İlyiç'in ölümü oldu. Ve işte tam o anda, kalbimde Ölüm Meleği olabileceğine dair güçlü bir his oluşan hayal dostum ortadan kayboldu.

Araba yolun karşı tarafındaki bariyerlere çarparak durmuştu. Arabada büyük hasar vardı. Ama çok şükür kimseye bir şey olmamıştı. İnanamıyordum, ama hayattaydım. Burnum bile kanamamıştı. Sanırım o gün, İvan İlyiç'in sorusunu dikkatli düşünmem için bir şans daha verilmişti bana.

24

İvan İlyiç'in Ölümü uzun yıllar önce okuduğum bir Tolstoy romanıydı. Tolstoy'un birçok eseri gibi bir şaheserdi. Ama onu diğer kitaplardan farklı kılan ve ölümü ensemde hissettiğim anda bile aklıma getiren bir şey vardı. O da İvan İlyiç'in ölmeden hemen önceki düşünceleriydi.

Şöyle geçiyordu kitapta:

"İvan İlyiç'in manevi acısının sebebi; *ya bütün hayatım, yaşadığım hayat gerçekten gerektiği gibi değil idiyse* düşüncesi idi."

İşte bu söz çarpmıştı beni kitabı okuduğumda: *Ya bütün hayatım, yaşadığım hayat, gerçekten gerektiği gibi değil idiyse?*

Ölüm anı elbette gelecekti ve o an geldiğinde, aklıma bu sorunun düşmesini istemiyordum. Hayatımı gerektiği gibi yaşamamış olmak istemiyordum. Bunu çok geç fark etmiş olmak istemiyordum.

İşte arabam olduğu yerde fırıl fırıl dönerken ve ben birkaç saniye sonra hayatta olup olamayacağımı bilemezken, ne yazık ki bu soru düşmüştü aklıma. Bu soruya o anda içimde verdiğim cevap, ölümü benim için kolaylaştırmaktan çok, zor kılıyordu. İçime huzur getirmekten çok, korku veriyordu.

Bir gün, bu dünyadan ayrılacağım an yaklaştığında, bu sorunun aklıma hiç düşmemesi için elimden geleni yapacaktım. Hayatı gerektiği gibi yaşayabilmek için, hayatımın içine, daha fazla sevgi katacaktım. Bir hayatı değerli, önemli ve kalıcı kılan tek şey oydu çünkü.

25

Gece herkes yattıktan sonra soluğu Doktor Timuçin'in odasında aldım. Açık olan kapıyı hafifçe tıkladım. Masasında oturmuş, dalgın dalgın kitap okuyordu. Başını kaldırdı, beni görünce gülümsedi. Niye geldiğimi adı gibi biliyordu.

"Geç otur Hakan," dedi, karşısındaki sandalyeyi işaret ederek.

Oturdum. Bakışlarımı gözlerine diktim *sormama gerek var mı* dercesine.

"Pekâlâ," dedi arkasına yaslanarak. "Aramızda kalsın ama."

"Siz hiç merak etmeyin Doktor Bey," dedim bir sırdaş gülümsemesiyle.

Böylece anlatmaya başladı:

"Büyütülecek bir şey yok. Biliyorsun, İbrahim sürekli Marslı olduğunu söylüyordu. Ben de, *aaa, ben de Marslıyım, sen Mars'ın neresindensin*, diye sordum ona. Önce bir afalladı, nasıl cevap vereceğini bilemedi. Sonra, *Mars'ın içindenim*, dedi. *Aaa, ben de Mars'ın içindenim, sen kimlerdensin*, diye sordum. Bu sefer ise ne diyeceğini bilemedi. Bunun üzerine, *bak*, dedim, *ben de Mars'tanım ama bunu büyütmüyorum, öyle kimseye söylemiyorum, kıskanırlar sonra. Yine sorarlarsa, Urfalıyım de bence, rahat edersin*, dedim ve böylece mesele halloldu. Gördün mü, büyütülecek bir şey olmadığını söylemiştim."

"Büyütülecek bir şey olmaz olur mu, Doktor Bey, adamcağızı kaç aydır yediği elektroşoktan kurtardınız. Peki ya Halit'e ne dediniz? Adam hem midesindeki telefondan şikâyet etmeyi bıraktı, hem de sigarayı!"

"O da atla deve değil," dedi. "Ona, *midendeki telefonun çalmasından yakınıyorsun sürekli, peki neyle şarj oluyor bu telefon*, diye sordum. Şöyle bir düşündükten sonra, *bilmiyorum*, dedi. *Sakın içtiğin sigarayla şarj oluyor olmasın*, diye sordum. Bir an durdu ve *olabilir, haklısınız galiba, Doktor Bey*, dedi. *İyi ya işte*, dedim. *Sigarayı bırak, telefonun şarjı bitsin, böylece çalmasından kurtulmuş olursun.*"

Ayağa kalktım. Ve Doktor Timuçin'in yanına gidip alnından öptüm. "Üstadımızsınız Doktor Bey!"

"Estağfurullah," dedi. "İbrahim ile Halit söylenenleri kabullenmeseler, ben ne yapabilirdim ki?"

26

İlk seyahatim Endülüs İspanyası'naydı. Malaga'dan başlayıp Cordoba, Sevilla ve Granada'ya uzanmış, bunların dışında şirin, küçük İspanyol kasabalarına da uğramıştım. Bunlardan biri Ronda'ydı.

Ronda'da yaşadığım olayı aktarmadan önce geçmişimle ilgili bir bilgi vermem gerekiyor. İş hayatımın ortalarında iki yıl süren, nişanlanmaya kadar uzanan ciddi bir ilişkim olmuştu. Bir yeni yıl resepsiyonunda tanışmıştık. Kaderin bir cilvesi, benim yapmadığım mesleği yapıyordu; psikologdu. Onunla biraz sohbet ettikten sonra hayatımdaki sevgi boşluğunu doldurabilecek kişi olduğunu düşünmüştüm. Doğrusunu söylemek gerekirse, doldurmuştu da.

Daha önce de dediğim gibi, o ana kadarki hayatımdan genel olarak memnundum. Hayal dostlarımla zenginleşen bir dünyam, hiçbir konuda kendimi kanıtlamak zorunda hissetmemem sebebiyle nispeten stressiz bir hayatım, işimde, samimiyetime ve dürüstlüğüme inanan insanlarla yükselen bir başarı grafiğim vardı. Ama bir şeyin eksikliğini hissediyordum. Sanrım eksikliğini hissettiğim şey insanı insan yapan en temel şeydi. Sevgi.

Sevgi, hayatın her anında vardı. Her insanın içinde vardı. İlla ki bir sevgili bulmanız, ciddi bir ilişkiniz olması, evlenmeniz gerekmiyordu. Başlarda böyle düşünüyor, içimdeki sevgiyi başka yollarla ortaya koyabileceğime inanıyordum. Büyük bir bölümünü de işime kanalize etmiştim. Ama sonradan, bunun aynı şey olmadığını anlamaya başladım.

İçinizde büyük, hatta sonsuz bir sevgi olabilirdi, ama bu sevgiyi canlı tutmuyorsanız, gündelik hayatınızda onu sunabileceğiniz bir hayat dostunuz yoksa, o zaman içinizde olan bu sevginin üstü yavaş yavaş örtülüyor. Daha soğuk bir insan olmaya başlıyorsunuz. Akıl insanı oluyorsunuz, kalbinizden uzaklaşıyorsunuz. Sevmek için yaratılmış kalbiniz yavaş yavaş paslanıyor. Egonuz daha diri oluyor. Daha çabuk kırılıyor, daha çabuk kızıyor, daha çabuk silebiliyorsunuz. Bencilleşiyorsunuz. Acı hissetmemek için duygusuzlaşmaya başlıyorsunuz. Dış dünyayla, başkalarıyla aranıza duvarlar örüyorsunuz. Ve ördükçe, insanları birbirine bir tutkal gibi bağlayan sevgiden uzaklaşıyorsunuz.

Bunların yavaş yavaş benim de başıma geldiğini hissetmeye başlamıştım. Ve onun için birini sevmek ve kalbim kabuk tutmadan onu birine sunabilmek istiyordum. Sonunda bu isteğim gerçekleşmiş, onunla tanışmıştım.

Mutlu iki yıl geçirdik birlikte. En azından ben öyle olduğunu sanıyordum. Nişanlanmıştık. Ama sonra bir gün, benden ayrılmak istediğini söyledi. Öylece, beni buna hazırlamadan, ansızın. Ve böylece ayrıldık.

En kötüsü de, neden ayrıldığımızı bana hiçbir zaman söylememiş olmasıydı.

27

Nişanlımdan ayrıldıktan sonra hiçbir ilişkim olmadı. Hem onu seviyordum hem de kısa süreli ilişkiler istemiyordum. En az onun kadar sevebileceğim biri karşıma çıkmadıkça, yeni bir ilişkiye girmek istemiyordum.

İşte bu hissiyatım hâlâ geçerliliğini koruyordu Ronda'dayken. Çok küçük ama meşhur bir kasabaydı Ronda. Dik yamaçların üzerine kurulu bembeyaz evlerden oluşan küçük bir yerdi, tepeden aşağıdaki vadiye bakıyordu.

Mevsimlerden bahardı ve ağaçlardaki çiçek kokusu her yanı sarmıştı. İri iri portakallarla dolu bir sürü portakal ağacı vardı etrafta. Herkes gibi, yürüyerek gezmiştim Ronda'yı. Soluklanıp bir şeyler içmek için bahçesinde büyük bir portakal ağacının altında beş tane masa olan bir kafe seçtim kendime.

Garsona bir şişe soğuk su ve bir kahve siparişi verdikten sonra, gözlerimi kapadım ve bahar kokusunu bir kez daha çektim göğsümün derinliklerine. Kuş cıvıltılarını bir kez daha ruhuma doldurdum. Gözümü açtığımda yanımdaki masada çok güzel bir genç kadın oturduğunu gördüm. Uzun, açık kahverengi saçları vardı, koyu mavi gözleri, pembemsi teni. İnce uzun parmaklarıyla menüyü açtı, bir iki saniye baktıktan sonra kapatıp masaya koydu.

Ardından hiç beklemediğim, hiç tahmin edemeyeceğim bir şey oldu. Bana döndü ve Türkçe olarak "Masanıza oturabilir miyim?" diye sordu.

Nasıl böyle bir şey olabileceğini düşünmekle meşgul olduğum için bir süre cevap veremedim ona. Sonra -kekeleyerek sanırım- "Buyurun, tabii, oturun," diyebildim.

Gülümsedi. Masasından kalktı ve karşıma oturdu.

O masama otururken, sanırım ben olaydaki gizemi çözmüştüm. Türk olduğumu tahmin etmiş olması düşük ihtimaldi, onun Türk olması daha da düşük. Türk'e hiç benzemiyordu. Ve son olarak, kendi masası varken, masama oturmak istemesinin ihtimali ise neredeyse sıfırdı. Bu üç olması imkânsıza yakın şey peş peşe birkaç saniyede olduğuna göre, geriye tek ihtimal kalıyordu. Bu kadın bir hayal dostuydu.

Kendimi toparladıktan sonra, "Kim olduğunu biliyorum," dedim.

"Öyleyse sorun yok," dedi. "Yanlış anlaşılmaya mahal vermek istemem."

"Gerçek bir insan olmanı çok isterdim, itiraf etmeliyim."

"Neden?" diye sordu. "Birlikte olduğun, hem içi hem dışı güzel bir nişanlın vardı, onun kıymetini bilemedin."

Böyle bir söz beklemiyordum ondan. Bugüne kadar karşıma çıkan hayal dostlarının hiçbiri asabımı bozacak bir laf etmemişler, bana hep yumuşak davranmışlardı.

"Öyle mi düşünüyorsun? Onun kıymetini bilmediğim doğru değil. Onu çok sevdim."

"Kim için sevdin?"

"Nasıl yani?"

"Onu kim için sevdin?"

Sanırım onu onun için sevmediğimi, kendim için sevdiğimi ima etmeye çalışıyordu. Ama bunu ondan duymak istiyordum.

O sırada garson geldi. Suyumla kahveyi masaya bıraktı. Tahmin ettiğim gibi, masamda oturan kadını görmemişti. Kendi kendime konuşuyormuş gibi görünmemek için garson uzaklaşana kadar bir şey söylemedim. Yeteri kadar uzaklaşınca sordum:

"Tam ne demek istiyorsun?"

"Biliyorsun," dedi. "Doğru, onu seviyordun, ama hep *kendin* ön plandaydı. Seni sevdikçe, sana saygı duydukça sevgin artmıştı ona."

"Bunun neresi yanlış. Bu normal değil mi?"

"Normal olabilir, ama bu sevgi değildir. Sevgi senden bağımsız bir şeydir. Ona bakarsın, onun içindeki ışığı görürsün. Onun güzele, iyiye niyet ettiğini görürsün ve onu bunun için seversen, sevgidir o. Onu öyle seversen, önemli olan o olur, sen değil. Ne düşünüyor, ne hissediyor, ne istiyor, kendisi için nasıl bir hayat hayal ediyor, bunu görebilirsin o zaman. Ama sen onun hayatını hep ikinizin hayat penceresinden gördün.

"İstedin ki o da senin sevdiklerini sevsin. O da hayatı senin yaşadığın gibi yaşasın. Ama onun ayrı bir ruh taşıdığını unuttun. Onun düşüncelerini, duygularını, hayattan beklentilerini önemsemedin diyemiyorum çünkü onları göremedin bile. Aynı olduğunuza inanıyordun. Sanıyordun ki, onun ruhu senin ruhundan farklı değil. Sevgiyi böyle tanımlıyordun. Aynı olursanız, o da hayatı senin gördüğün çerçeveden görürse, o zaman doğru bir birliktelik olacaktı bu. O zaman büyük bir sevgi olacaktı. Oysa sevginizin büyük olması için aynı olmanız gerekmezdi. Aksine, sevgiyi sığlaştırırdı bu. Farklılıklarınız birlikteliğinize renk getirirdi, zenginleştirirdi, en önemlisi, birini kendin gibi görmeden sevmek, sevgini gerçek sevgi yapardı."

Sözünü bitirince, gözlerimi dalıp gittiği boşluktan, onun gözlerine çevirdim.

"Teşekkür ederim," dedim. "Söylediklerini düşüneceğim."

28

O seyahat boyunca hep o hayal dostumu ve söylediklerini düşündüm. Acımasız da olsa, haklıydı. Ve bu sözler sayesinde, nişanlımın beni neden terk ettiğini anlamıştım sanırım. Ama biz ayrıldıktan üç sene sonra evlendiği için geçmişi telafi etmeyi deneme şansım kalmamıştı.

Sevebileceğim yeni bir insan çıkarsa karşıma, hayal dostumun söyledikleri aklımın hep bir köşesinde olacaktı elbette. Ama bugüne kadar böyle biri karşıma çıkmadı. Bundan sonra çıkması mümkün mü? Neden olmasın? Belki burada tanışırım biriyle ya da bir gün buradan çıkarsam. Ama itiraf etmeliyim ki, şu an için içimde buna dair bir istek göremiyorum.

İstesem hastane yönetimi beni dışarı salmaya hazır. Hatta geçen gün Doktor Timuçin, "Hakan Bey, neden hâlâ burada olduğunuzu anlayabilmiş değilim," dedi.

Böyle düşünmesi doğal sanırım. Birkaç ay öncesine kadar kendi kendime -hayal dostlarımla- konuşuyordum.

Geçen yıllar içinde sayıları artmıştı. Belli bir noktadan sonra saymayı bıraktım. Artık birkaç yılda bir görünmüyorlardı. Sık sık geliyorlardı. Hayatımın bir parçası olmuşlardı. Hatta daha da ötesi, hayatı onlarla birlikte yaşamaya başlamıştım. Sadece Ölüm Meleği olabileceğinden şüphelendiğim hayal dostum iki kez görünmüştü. Onun dışındakileri defalarca kez görmüştüm.

Bazıları her gün görünüyorlardı. Bazen konuşuyorduk. Bazen hiç konuşmuyorduk, ama yine de, herhâlde kendilerini unutturmamak için, şöyle bir görünüyorlardı. İşte geçmişime göre son yıllardaki fark buydu. Hayatı artık onlarla yaşıyordum. Ve bu durum da beni buraya getirmek için yeterli olmuştu. İşin kötüsü, hayal dostlarımın sayısı fazlalaşınca, yeni karşılaştığım herkesi hayal dostum olarak görmeye başlamıştım. Bu durumun diğer insanlarla aramda nasıl sorunlara yol açtığını tahmin edebilirsiniz sanırım. Onun için buraya gelmek bir zorunluluk olmuştu.

Ama burada apayrı bir dünya keşfetmiştim. Hayal dostlarımın bana sunduğu dünyaya benzer bir dünya. Daha samimi, daha sıcak bir dünya. Sanırım buradaki dostlar, hayat dostlarımın doldurduğu boşluğu dolduruyorlar. Eskiden umurumda değildi, bana deli diyeceklerini bile bile hayal dostlarımla yüksek sesli konuşuyordum. Oysa son üç aydır, bunu yapmıyorum. Susuyorum. Sanırım hayal dostlarım da bu durumu anlıyorlar ve yalnız kalacağımız zamanı bekliyorlar.

Bu anlattıklarımdan hâlâ hasta olduğumu düşünebilirsiniz. Bu gayet doğal. Belki de öyleyim. Size en başta söylediğim gibi, bu konuda benim bir hükmüm yok. Tek bildiğim, burada olmaktan mutlu olduğum. Ama bir gün dışarıda daha mutlu olacağıma inanırsam, buradan ayrılırım. Benim tedaviye cevap verdiğimi, toparladığımı düşünen bir sürü doktor var. Kim bilir, belki kalıp gitme seçimini bana bırakmazlar ve beni bir gün gönderiverirler.

Eğer bu olursa, dışarıdan tek bir beklentim var. Hiç bulamadığım hayat arkadaşımı bulmak. Onun dışında burada keyfim gayet yerinde.

29

Akşam yemeğinden sonra pencere kenarında tek başıma otururken, biraz ilerimdeki koltukta Dimitri'nin başını iki elinin arasına aldığını gördüm. Kendi kendine bir şeyler mırıldanıyordu.

Kalktım, yanına gittim. Omzuna dokundum, ama bir tepki vermedi. Başı hâlâ önündeydi. Birkaç kez daha dokundum. "Dimitri, iyi misin?"

Başını hafifçe kaldırdı. Gözleri doluydu.

Dimitri'yi böyle görmeye pek alışık değildik. Sanırım aramızda en neşeli, eğlenmesini en iyi bilen oydu.

"Neyin var Dimitri? Anlatmak ister misin?"

"Önemli değil, Hakan. Geçer birazdan."

Yanındaki koltuğa oturdum. "Anlatmak istersen, ben buradayım dostum."

"Hayatın gerçekleri bunlar," dedi. "Her insanın hayatında acı var, benim herkesten ne farkım olsun ki? Ben de acı çekeceğim."

"Ne oldu söyler misin Dimitri, senin, ailenin sağlığı yerinde değil mi?"

"Oğlum öldü, daha ne olsun? Üstelik 25 yaşında, gençliğinin baharında. Kızım da öldü. O da 38 yaşındaydı."

Bir an, "Ama senin çocuğun yoktu ki Dimitri," diyecektim, o anda Dimitri'nin neden bahsettiğini anladım. Dimitri ünlü Yunanlı armatör Aristo Onassis'in ruhunu taşıdığına inanıyordu. Anlattığına göre, 15 Mart 1975'te doğmuştu Dimitri ve bu da Onassis'in öldüğü gündü. Dimitri, onun ruhunun kendi bedeninde tekrar dünyaya geldiğine inanıyordu.

"Anlıyorum Dimitri, tamam, evlat acısı yaşadın, ama Tanrı sana çok ayrıcalıklı bir hayat verdi, çok az insana nasip olabilecek şeyler gördün hayatında..."

Ben reenkarnasyona inanmıyordum. Ama burada bizleri dışarıdakilerden farklı kılan bir şey vardır. Biz dostlarımızı oldukları gibi kabulleniriz. Onlar kim olduklarına inanıyorlarsa, bizim için de odurlar.

"Ne önemi var," dedi. "O geçmişteki günlerin ne önemi var... Oğlum öldükten sonra yaşamadım ben."

"Haklısın. Ama..."

"Aması nedir Hakan? Hayatın anlamı nedir?"

Başımı öne eğdim.

"Soruyorum sana. Hayatın anlamı nedir? Dünyanın en varlıklı insanlarından biriydim ben. Dünyanın en büyük gemi filosu benimdi. Bugünün parasıyla 10 milyar dolardan fazla bir servetim vardı. Ege Denizi'nin en güzel adalarından biri bana aitti, ailemle benim özel yuvamızdı. Kralları kıskandıran 99 metrelik muhteşem bir yatım vardı. Kızım Christina'nın adını vermiştim ona. Dünyanın en tanınmış kişilerini ağırlardım yatımda. Marilyn Monroe, Winston Churchill, Grace Kelly, Elizabeth Taylor, Frank Sinatra ve John F. Kennedy ağırladığım dostlarımdan sadece birkaçıydı.

"Şimdi gördüğünüz sirtakiyi o yatımda da yapardım, sizi eğlendirdiğim gibi, eski dostlarımı da eğlendirirdim. Peki sonra ne oldu Hakan? Önce oğlum öldü, hemen arkasından da ben. Yeni hayatımda öğrendim ki, kızım Christina da benden sonra, genç yaşta vefat etmiş. O hâlde Hakan, hayatın anlamı ne? Varlık, şöhret, başarı, dünyanın takdiri, hepsi boş. Bunu önce oğlumu uçak kazasında kaybettiğim an anladım. Benim servetim, özel uçağım mezar oldu oğluma. Sonra da kendi hayatımı kaybettiğimde anladım peşinden koştuğumuz şeylerin anlamsızlığını.

"İşte belki de bu yeni hayatımda onun için varlıklı ya da tanınmış değilim. Paranın, gücün, başarının, şöhretin, takdirin, bir zaman geldiğinde hiçbir anlam ifade etmediğini bildiğim için. Ve o zaman mutlaka geliyor, sadece benim kaderim değil bu. Her varlıklı, her şöhretli, her güçlü insanın başına gelmiş bu. İnsanlar zirveye çıkmayı istiyorlar ölesiye, oysa zirvenin de zirvesine çıkan insanların akıbetlerine hiç bakmıyorlar. Bugüne kadar zirvede olmanın huzur ve mutluluk getirdiği tek bir insan var mı acaba merak ediyorum.

"Evet hazin sonlar her insanın başına geliyor, ama bizim farkımız şu. Biz varlıklı ve şöhretli insanlar hayatımız boyunca kendimizi hep o varlık, şöhret, başarı ve güç yanılsaması gözlükleriyle görüyoruz. Kendimizi bu yanılsamalarla özdeşleştiriyoruz. Ve bir gün geliyor, var sandığımız, bizi biz yaptığını sandığımız her şey uçup yok oluyor. İşte o zaman biz de yok oluyoruz. Çünkü kendi değerimizi bu şeylere göre belirlemişiz. O şeyler yok olunca, biz de yok oluyoruz. İşte hüznüm bundandır Hakancım."

"Ama bu hayatında Dimitri'sin, Onassis değil," dedim.

"Tek tesellim de bu," dedi Dimitri. "Bir sürü şeyim olmadığı için, artık yok olmayacak şeyleri kovalayabilirim."

30

Dimitri konuşurken Artist Kamil gelmiş, yakındaki masaya oturmuştu. Sırtı bize dönük oturmasına ve bizi dinlemiyormuş gibi durmasına rağmen, ben dinlediğini biliyordum. Artist Kamil yapı olarak meraklı bir insandır. Hele Hollywood'dan birçok arkadaşının Onassis'in yatında ağırlandığı düşünülürse, Dimitri'nin anlattıklarına daha bir kulak kabartırdı.

Dimitri sözlerini bitirdiğinde dayanamayıp bizden yana döndü.

"Doğru söylüyor Ari," dedi.

Ari, Onassis'in ilk ismi Aristotle'ın kısaltılmışıydı ve Dimitri ancak çok yakın hissettiği kimselerin kendisine "Ari" diye hitap etmesine izin verirdi.

"Herkes şan şöhret, para, güç, başarı, takdir peşinde," diye devam etti Artist Kamil. "Ama kimse bunların hepsine sahip insanların hayat hikâyelerini okumuyor herhâlde. Bunlara sahip olmadan önceki hayatlarını demiyorum, zirveye çıktıktan sonraki hayatlarını. Ansiklopediyi ya da bilgisayarı açalım ve bakalım zirvelerin zirvesine çıkanların hayatları nasıl gitmiş ve nasıl sonlanmış.

"Ari'nin arkadaşlarına bakın, benim arkadaşlarıma bakın, hayat hikâyelerinin para, güç, şöhret, başarı, takdir sonrasında nasıl gittiğine bakın. Marilyn Monroe'nun, Winston Churchill'in, Grace Kelly'nin, Frank Sinatra'nın... John F. Kennedy, Elvis Presley, Marlon Brando, Michael Jackson, John Lennon, Bob Marley, Pablo Picasso, Agatha Christie... Hepsine bakın, aklınıza kim gelirse gelsin bakın. Kimlerle evlenmişler, kaç kez ayrılmışlar eşlerinden? Mutlu olabilmişler mi? İstediklerine sahip olmak onlara huzur getirmiş mi? Bu dünyadaki son zamanlarında mutlu insanlar mıymışlar?"

Dimitri, Artist Kamil'e katıldığını belirtircesine başını sallıyordu.

Ben ise, aklını kaybetmiş bizlerin, gerçekleri bazen aklı başında olan insanlardan daha iyi görebildiğimizi düşünüyordum.

31

O gece yattığımda, Dimitri ve Artist Kamil'in anlattıklarını tekrar düşündüm. Acaba bu bana bir çağrı mıydı? Tanrı bana, bu hayatı anlamlı kılan tek şeyi kovalamam gerektiğini mi hatırlatıyordu acaba?

Burada rahattım, mutluydum, ama bu yeterli miydi? Sevgimi sunabileceğim bir eş bulmak için elimden geleni yapmış mıydım? Bir aile kurmak, çocuklarıma sevgi sunmak için. Bu dünyada her şey bir gün kaybolabilirdi, ama saf bir sevginin hiçbir zaman yok olmadığına inanıyordum. Ruhumuza kazınıyordu çünkü yaptığımız her sevgi hareketi. Biz bu dünyadan gitsek bile, bu dünyada sunduğumuz sevgi bizimle birlikte geliyordu. Bu dünyaya ait diğer şeylerin aksine.

Artist Kamil'in dediği gibi, dünyanın gelmiş geçmiş en tanınmış insanlarının sonu hep hazindi. Sevgi insanlarınınki hariç.

Hepimizin bir kalbi vardı. Hepimiz sevebilirdik. Sevgi insanı olmak için tek koşul buydu. Sevmek. Saf ve temiz bir sevgiyle.

Bu konuda üstüme düşeni yapmış mıydım hayatım boyunca? Birini kendim için değil, saf, karşılıksız bir sevgiyle sevebilmiş miydim? Bu dünyadan geriye kalacak tek şeyi, hayatıma, ruhuma koyabilmiş miydim?

Ronda'daki hayal dostum bu konuda kendimi ilk kez sorgulamamı sağlamıştı. Ve en başta Tolstoy, şimdi Dimitri ile Artist Kamil hayatımın anlamını sorgulatıyordu bana.

İvan İlyiç gibi ölmek istemiyordum. Hayatımın son anlarında hayatımı gerektiği gibi yaşayıp yaşamadığımı sorgulamak istemiyordum. Böyle bir sorgulama yapılacaksa, bu şimdi, çıkmaz bir sokağın sonuna gelmeden yapılmalıydı. Hemen şimdi, şu anda sorgulamalıydım hayatımı. Ve ben de öyle yaptım.

Evet, bir şey eksikti hayatımda. En önemli şey eksikti. Vardı, ama eksikti. Ve benim o eksikliği tamamlamam lazımdı.

32

Öğle yemeğinden sonra, hayal dostlarımla yürüyüşe çıktık bahçede. Kalabalık bir gruptu. Hava güneşli, ama esintili, güller rengârenkti. Sarı, kırmızı, turuncu, pembe beyaz bir sürü gül... İki tarafı yüksek çamlarla kaplı yolun sonuna kadar gittikten sonra geri döndük ve güllerin arasındaki çim alana oturduk.

Bir süre kimse konuşmadı. Bugün üstlerinde daha önce görmediğim bir sükûnet vardı. Bu sessizliği bozmak istemedim, onlara söyleyeceklerim olsa da. Birlikte öylece oturduk, havadaki dinginliği, baharı, gül kokusunu içimize çeke çeke.

33

Hayal dostlarımdan ayrılıp oturma odasına geçtiğimde, Dimitri'yi sirtaki yaparken gördüm. Sağına ve soluna birer hemşire almış, onların, "Yeter artık Dimitri Bey," diye uflayıp puflamaları, yer yer de kıkırdamaları arasında her zaman söylediği "Zilia Mou" şarkısını söylüyordu. Dünkü hâlinden eser kalmamıştı.

Yanlarından geçerken hemşirelere, "Beyefendinin adı Dimitri değil, Aristotle bir kere," dedim. "Ama dansa devam ederseniz, belki Ari demenize müsaade eder."

Ari tüm hızıyla devam ediyordu:

"Zilia Mou! Zilia Mou!!"

34

Neşe, ruh için olduğu kadar beden için de önemlidir. Doktor Timuçin hep böyle söylerdi. Bedensel rahatsızlıkların sebeplerinin büyük bölümü içseldir. Sağlıklı olmak istiyorsak, neşeli olmalıyız. Sanırım biz bu konuda onun beklentilerine büyük ölçüde cevap verebiliyorduk. Sürekli bir hüzün hâli, mutsuzluk dışarıya mahsustur. Bizim burada mutsuz günler olsa bile, biz sisli bir güne neşe katmak için her an fırsat kolluyorduk.

En eğlenceli şarkıları, insanları en büyük zorlukları yaşamış ülkelerin sanatçıları yazmışlardı. Küba, Brezilya, Meksika... Keza en hareketli danslar da böyle ülkelerden çıkar...

Neşeye ihtiyacımız vardı, neşeye. Keyif için değil, sağlığımız için neşeye ihtiyacımız vardı. Sanırım bu, bizim dışarıdakilerden biraz daha iyi bildiğimiz konulardan biriydi. Ari de bunu hepimizden iyi biliyordu.

35

Rondalı hayal dostum gelmişti gece. Yatağımın ucuna oturmuştu. Uyuyanları uyandırmamak için olabildiğince alçak sesle konuşuyordum.

"Karar verdin mi?" diye sordu.

"Bir taraftan dışarı çıkmak, onu aramak istiyorum. Bir taraftan da korkuyorum. Ya başaramazsam, ya dışarısı beni mutsuz birisi yaparsa?"

"Bir şey istiyorsan, onun için savaşmalısın, öyle değil mi?"

"Sence bunun için yaşım ilerlemedi mi?"

"Kırlaşmış bir iki telin var, ama ben seni hâlâ çekici buluyorum," dedi gülümseyerek. "Savaşmanın, istediğini kovalamanın yaşı yoktur ve sen bunu benden daha iyi biliyorsun."

"Tolstoy sayesinde," dedim. "Hayatının son üç saatini bile hasta hasta insanlara sevgisini sunarak, onların yaşamlarında bir fark yaratma ümidiyle son enerjisini de sarf ederek geçirmiş."

"Biz seninleyiz," dedi. "Hepimiz. Ama karar yine de senin."

36

O gece bir rüya gördüm.

Bir kadın, bir adanın kumsalında denize doğru bakıyordu. Geceydi, ama dolunay kumsalı gün gibi aydınlatmıştı. Kadının sırtı dönüktü, yüzünü göremiyordum.

"Gel," dedi. "Bekliyorum."

"Kimsin?" dedim.

"Bunu anlamak için gelmelisin."

"Yüzünü göremiyorum, seni nasıl tanıyacağım?"

"Yüzümden değil, kalbimden tanıyacaksın."

37

Yüzümden değil, kalbimden tanıyacaksın...

O bunu söyler söylemez, uyanmıştım. Ve sabaha kadar uyuyamadım. Doktor Timuçin'in hastaneye gelmesini sabırsızlıkla bekliyordum.

Kahvaltıdan sonra soluğu Doktor Timuçin'in odasında aldım. Neyse ki gelmişti.

"Doktor Bey müsaitseniz sizinle görüşmek istiyorum."

"Tabii, buyur, otur Hakan."

"Doktor Bey, sizce ben iyi miyim? Ruh sağlığım yerinde mi?"

"Her zaman söyledim Hakan. Neden hâlâ burada olduğunu bilmiyorum. Eskiden kendi kendine konuşuyordun, halüsinasyon görüyordun. Ama artık kendi kendine de konuşmuyorsun. İstediğin zaman başhekimden çıkışını alabiliriz."

"Son zamanlarda giderek düşünmeye başladım bunu, Doktor Bey. Bir hayat arkadaşımın, bir ailemin olmamasının eksikliğini hissediyorum. Sevgisiz bir yaşam kalbimi rahatsız etmeye başladı sanırım."

"Karar senin, Hakan. Her zaman arkandayım bunu biliyorsun. İstediğin zaman çıkabilirsin. Ama affına sığınarak, *sevgisiz yaşam* ifadene itiraz etmek istiyorum. Biz burada senden hep sevgi gördük. Buradaki dostların seni seviyorlar, sen de onları seviyorsun. Ve bu sıradan bir sevgi değil gördüğüm kadarıyla, sen onları kendinle bir görüyorsun, herkesi bir parçanmış gibi. Dışarı çık, seveceğin birini bul, bir aile kur, içindeki sevgiyi artır, bunlar güzel şeyler. Ama şu andaki yaşamını sevgisiz olarak nitelemek kendine büyük haksızlık olur."

"Sizi hiç bu kadar ciddi konuşurken görmemiştim Doktor Bey."

Gülümsedi. "Dünyada tek bir ciddi mesele vardır. O mesele konuşulurken bir istisna yapmam seni çok şaşırtmasın."

Ellerimi masada duran ellerinin üstünde koydum. Teni de kalbi gibiydi, sıcacık.

"Teşekkürler, Doktor Bey, her şey için teşekkürler. Sizi çok özleyeceğim."

38

Veda zamanıydı. Önce hayal dostlarıma veda etmek istiyordum. Sanırım onlara getireceğim öneriyi zaten biliyorlardı. Güllerin arasına oturduğumuzda suskunluklarının sebebi bu olmalıydı. Yine aynı yere çağırdım onları. Bu güzel bahar gününde, veda etmek için güllerin bulunduğu yerden daha güzel bir yer olamazdı.

Saat üç gibi bütün hayal dostlarım toplanmıştı.

"Sevgili dostlarım," dedim. "Size ne kadar minnettar olduğumu biliyorsunuz. Bu hayat yolunu birlikte yürüdük. Kimi zaman hayatımın kurtulmasına vesile oldunuz, kimi zaman beni en karanlık, en dipsiz kuyulardan çıkardınız. Siz olmasaydınız, hayat bu kadar ışık dolu, bu kadar renkli olmazdı.

"Ama artık, sanırım siz de biliyorsunuz ki, başka bir hayale, başka bir dünyaya yelken açmam gerekiyor. Bende bıraktığınız izler, bende bıraktığınız koku benimle, hiçbir zaman kaybolmayacak. Hayat yolunu yine birlikte yürüyeceğiz bir anlamda. Ama şimdi, veda zamanı. Eğer siz de uygun görürseniz, sizin dünyanızdan ayrılmak istiyorum. Bu, hayal etmeyeceğim anlamına gelmiyor. Hayal edeceğim yine. Belki de daha fazla. Çünkü beni hayatta tutan hayaller oldu. Ama dediğim gibi, zaman başka bir hayal zamanı..."

39

Hayal dostlarım bana teker teker sarılmışlar, hemen sonrasında ise, sanki söylediklerimi destekliyorcasına bir anda kayboluvermişlerdi. Bu kadar çabuk ve ani olacağını beklemiyordum yine de. Güllerin arasında mırıldandım kendi kendime:

"Bari beni özleyeceğinizi söyleseydiniz..."

O anda görüntüsünü değil, ama Tolstoy'un sesini duydum:

"Güzel, en az hayat kadar gerçek olan hikâyelerde, söylenmiş en güçlü söz, hiç söylemeye gerek olmayandır."

40

Başhekime çıkış iznimi imzalatmıştı Doktor Timuçin. Ertesi gün ayrılacaktım. O gece başka bir doktor nöbetçi olduğu hâlde, Doktor Timuçin onunla konuşmuş nöbeti üstlenmişti. Çünkü benim için bir veda partisi düzenlemişti dostlar ve ancak Doktor Timuçin ile eğlenceyi abartabilirdik.

Dimitri, Artist Kamil, Doktor Timuçin, İbrahim, Halit ve diğerleri tam kadro partideydiler. Oturma odası rengârenk süslerle donanmıştı. Taze limonata yapmışlardı. Tatlı, tuzlu kurabiyeler, kuru pastalar ve bir de meyveli veda pastası. Çay ve kahve.

Hep birlikte sirtaki yapmıştık. Dimitri bu gece her zaman söylediği "Zilia Mou" yerine, Fedon'dan "Aşığınım"ı söylemişti. Artist Kamil hediye olarak Oscar'larından birini bana vermek istediğini, ama odasında altın heykelciklerini bulamadığını söylemişti. Halit o günden beri hiç sigara içmemişti, ama bu eğlencenin şerefine bir tane yakmak istemişti. Sigarasını tam yakmak üzereyken, Doktor Timuçin onu ağzından alıp yerine çikolatalı bir ekler koymuştu. "Aman ha Halit," demişti. "Telefon çalmaya başlar, susturamayız sonra."

İbrahim de sirtaki yaparken, "Marslıyım be!" diye bağırmıştı coşkuyla. Doktor Timuçin de, "Ben de be!" diye nara atmıştı.

İyi biliyordum ki, ertesi sabah buradan ayrılırken, dostlarımın hiçbirine onları özleyeceğimi söylemeye gerek duymayacaktım.

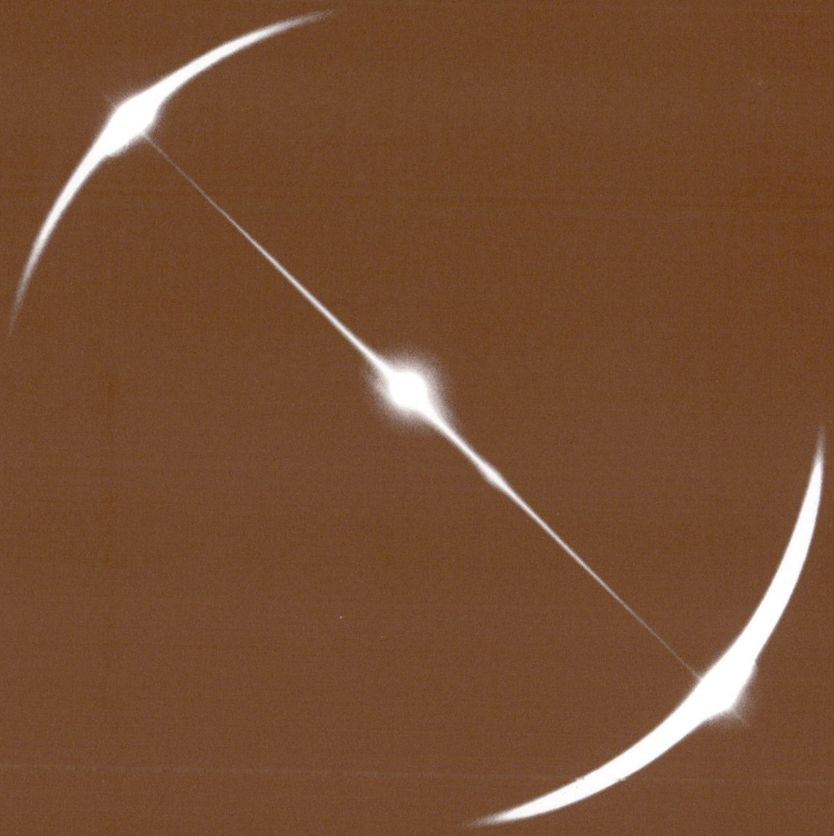